弟 よ

おやこ相談屋雑記帳

野口 卓

集英社文庫

目次

名前代百両　7
上には上が　47
十二支騒動　117
弟よ　175
解説　宇田川拓也　260

弟よ

おやこ相談屋雑記帳

主な登場人物

信吾　黒船町で「おやこ相談屋」と将棋会所「駒形」を営む
波乃　楽器商「春秋堂」の次女　信吾の妻
甚兵衛　向島の商家・豊島屋のご隠居　「駒形」の家主
常吉　「駒形」の小僧
夕七　「駒形」の常連
寸瑕亭押夢　戯作者
正右衛門　信吾の父　浅草東仲町の老舗料理屋「宮戸屋」主人
繁　信吾の母
正吾　信吾の弟
咲江　信吾の祖母

名前代百両

一

「おや、肥前屋の伊兵衛さんではありませんか」

格子戸を開けて入って来た客に甚兵衛が声を掛けたのは、常連客たちが相手を決めて対局が始まろうという五ツ（八時）ごろであった。信吾は初めて見る顔だが、何人かは顔見知りらしく、会釈したり笑い掛けたりしている。どうやら浅草か蔵前、柳橋近辺の商人のようだ。

四十代の半ばだと思うが、動作がゆったりしているのと、思慮深げな目が印象に残った。新入りの客は控え目な笑みを浮かべると、静かにお辞儀をした。

「それにしてもお珍しい。今日はまたどういうご用で」

問われた肥前屋伊兵衛は思わずというふうに、いっしょにやって来た太郎次郎を見た。太郎次郎は事情のわからぬ客がほとんどだろうから、紹介するのが常連である自分の役目だと思ったらしい。伊兵衛をうながして座敷にあがると、八畳間の六畳間寄りの空席に座を占めてから口を切った。

「伊兵衛さんはてまえの将棋の師匠ですが、お仕事の都合で夜しかお相手願えません。こちらの将棋会所のことはお教えしましたが、昼間しかやっていませんから来られないという事情があったのです。ところが先達てめでたく隠居になりましたので、これからは大手を振って来られるでしょう。伊兵衛さん、例のものを」

言われた伊兵衛は信吾に包みを差し出した。

「月極めの席料でございます」

席料は一日二十文だが、月極めだと二十日分の四百文で出入り自由と、連日のように通える客にはかなりお得であった。伊兵衛は太郎次郎に聞いて先払い分を用意してきたということだ。

「それはごていねいにありがとうございます。たしかに受け取りました。ところで肥前屋さん、初めてのお客さまはてまえと対局していただいてから、お相手を紹介するようにしているのですが、太郎次郎さんとは互角に指されているということでしょうか」

「先ほど将棋の師匠だと言われましたが、たしかに太郎次郎さんに教えはしたものの、今ではとてもかないません。いつの間にか追い付かれ、勝ったり負けたりしていたのですが、一年半ほどまえから次第に差を付けられましてね。今では四、五回に一回勝てればいいほうでして。なぜ強くなったのかと訊きますと、こちらさんに通うようになったからだと」

「やはりおなじ相手とばかりですと、ある線で止まってしまいます。その点、会所にはいろいろな指し手がお見えですからね」

太郎次郎の言葉にうなずき、伊兵衛は付け足した。

「すぐにも通いたかったのですが、見世を倅に任せられる見通しが付くまでは、どうにもなりませんで。太郎次郎さんは先ほど隠居になったとおっしゃいましたが、隠居すると決まったということです。実は倅が跡を継いでてまえが隠居するのは、正しくは年明けなのですが、少しずつ慣らさなければと思ったものですから」

控え目ではあるが、伊兵衛は無口とかお喋りが苦手という訳ではなさそうだ。

「正式に隠居なさって、心置きなく通っていただける日を楽しみにしております」

「大体のことは教えたつもりでも、商売は型どおりにいきませんから、毎日はむりでしょうね。それに、急な用で小僧が呼びに来ることがあるかもしれませんし」

「わかりました。であれば、てまえとの対局は省きましょう。太郎次郎さんといい勝負をなさっているのなら、上級の上位ですね」

「いえ四、五回に一回しか勝てませんから」

「だとしても上級の中位でしょう。こちらには癖の、いえ味のある指し手が揃っていますので、楽しんでいただけると思います」と言ってから、信吾は思い付いたままを口にしていた。「太郎次郎さんからお聞きかもしれませんが、初めてのお方にはちょっとしたお話をしていただく決まりになっておりまして」

「えッ、話ですか」

伊兵衛は、「聞いていませんでしたよ」とでも言いたげに太郎次郎を見た。

「太郎次郎さんがおっしゃらなかったのは、あらかじめ伝えておくと構えてしまうからでしょうか、おもしろみが薄まってしまうことが多いのです。急に言われて即興的に話していただいたほうが、その方らしさが出ることが多いですからね」

実はそんな決まりなどなかったし、だから太郎次郎が話している訳がない。ただこれまでに何度か、だれかが珍しい話や変わった話をすると、話が弾んで場が盛りあがったことがあった。またそれがきっかけになって、さらに話が意外な方向に発展することもある。

信吾は直感で伊兵衛から楽しい話が聞けそうな気がしたが、気まずい思いをさせては元も子もないので強制する気はなかった。

思いもしないことを急に言われたからだろう、伊兵衛には戸惑いが見られた。

「話とおっしゃいましたが、どのような」

「これまでに一番驚かれたこと、恐ろしかったこと、信じられぬようなできごと、風変わりな体験だと、みなさん喜ばれるでしょうが、どのような話でも結構です」と言い、少し考えてから信吾は続けた。「あるお方は若き日の夕暮れどき、なぜか開け放たれていた屋敷門から誘われるように入ると、庭で待ち受けていたらしい婦人に招き入れられ、一夜を共にしたそうです。それがどうやら御大名の御下屋敷らしく、その方はなにかの用でそちらに来ていた側室の一人らしいのですが、はっきりしたことはわかりません。そのご婦人は出会ってから別れるまで、ひと言も口を利かなかったとのことです。後日、せめてもう一度会いたいとその屋敷を探したそうですが、とうとう見付けられなかったそうでしてね。あるいは狐に誑かされたのではないか、と」

客たちが笑いを堪えているのは、なにかの折に甚兵衛が披露した話だったからだ。

「例に出したのはたまたま女の人絡みでしたが、特に内容には拘りません」

「仕事に追われっぱなしで、平々凡々な日々を送ってきた商人ですからね。驚いたり、恐ろしかったりと言われても」

「そんなに深く考えなくても、ちょっと妙だなと思われたとか」

「変だなと思ったことでしたら、ないこともないのですが」と、伊兵衛は困惑気味の顔のままで話し始めた。「話そのものはほとんどおなじなのに、父に聞いたのとこちらでの話が、微妙に喰いちがっておりましてね」

なんとも摑みどころのない話だが、信吾は興味を抱かずにいられなかった。

「ぜひお聞きしたいです」

そう言って信吾が客たちを見廻すと、だれもがおおきくうなずいた。対局している者はなく、上級上位か中位の力量らしい伊兵衛とは、いかなる人物なのかと興味深く見守っていた。

「かなり以前になりますが、仕事が終わってから取引先に寄席に誘われたことがありましてね。たまたま聴いたのが、父から何度か聞かされた田舎の話でした。わたしは実際にあった話として聞いていたのですが、それが江戸で落語になっていたので驚きましてね」

「なんて落語でした」

だれかに問われて伊兵衛は答えた。

「『テレスコ』という変わった名の噺でした」

落語の題を聞いて身を乗り出したのは、将棋会所の家主でもある甚兵衛であった。

「『テレスコ』でしたら短い噺ですが、笑いどころと泣かせどころがうまく配されていて、落ちもわかりやすいのでよく寄席に掛けられていますから」

知らない方のために申しますとこんな噺です、とさっそく粗筋を紹介した。

ある漁場で変わった魚が獲れたが、だれも名前を知らなかった。漁師たちはその魚を持って町奉行所を訪れたものの、漁師ですら知らないのに役人にわかるはずがない。困った役人は魚の絵を貼り出して、その名を知っている者には百両の懸賞金を払うと付記した。

すると多度屋茂兵衛が名乗り出て、魚の名はテレスコだと言った。奇妙な名なので不審に思いはしたものの、高札場に貼り出した以上、茂兵衛に百両を払うしかない。

話を聞いた町奉行は、魚を干物にして絵を描かせた。ふたたび懸賞金百両付きで貼り出すと、またしても茂兵衛が現れ、魚の名はステレンキョウだと言った。奉行はおなじ魚を干物にしただけで名が変わる訳がない、御公儀を謀った不届き者として死罪を申し渡した。

御公儀の慈悲で一つだけ願いを叶えてつかわすと言われた茂兵衛は、「死ぬまえに一目女房と子供に会わせてほしい」と願う。そして対面した女房に、「いいか、この子がおおきくなってもイカの干したのを決してスルメと言わせるな」と言った。それを聞いた奉行は「テレスコを干したものがステレンキョウか」と、膝を叩いて茂兵衛を無罪放免した。

女房は亭主が助かるように断食をしていたが、子供が乳呑児なので乳が出なくては困る。そのため蕎麦粉を水に溶いたものだけを口にしていた。スルメの件で助かったのは女房が干物、つまり火物を断ったからだ、というのが落ちである。

「落ちは干物と火物を掛けたもので、だれにもわかるようにとの思いからでしょうが、説明っぽくて少しくどいですね」

　粗筋を話し終えた甚兵衛に目顔でうながされ、伊兵衛は話し始めた。

「『テレスコ』は繰り返し聞かされた父の田舎の話と概ねおなじですが、なぜだか大事なところがちがっていたり、はっきりしませんものですから」

「肝腎なところがあやふやだとなりますと、変ではすまされませんね。そのまえにお父上の田舎はどちらでしょう」

「長崎です。てまえは江戸生まれの江戸育ちですが、父は二十歳になるかならぬかで江戸に出たそうでして」

「それで屋号が肥前屋さんなのですね。ところで、大事なところがちがっていたり、曖昧だったりとおっしゃいましたけれど」

「落語では裁いたのは町奉行で、しかも名前がありませんでしたが、父の話では裁いたのは長崎代官の高木作右衛門さまです。あちらでは知恵代官さまとして知られておりましてね。お奉行な訳がないのですよ、奉行と代官では役割がちがっておりますから」

　伊兵衛は父親に何度も聞かされた話だからだろう、どうしても熱が入ってしまうらしかった。

　長崎奉行の第一の役目は長崎の警衛である。有事の際には長崎奉行が指揮を執り、長崎勤番の福岡藩、佐賀藩をはじめとする周辺諸大名の配下とともに、長崎の地と民を防御すること。第二は唐(から)、オランダとの貿易が円滑におこなわれるよう、抜荷(ぬけに)などを厳しく監視し、露見した場合は裁定、処罰を取り仕切ることだそうだ。

一方の長崎代官の役目は、第一に長崎と周辺支配地の徴税の執行が挙げられる。次に海外交易の輸入貨物の検査、米や武具など各種の蔵と寺社の管理があった。さらには牢屋と人足寄場の管理、人口移動や旅人の取り締まりなど、地域に密着したものとなっている。

「ですから名前のわからぬ魚が獲れたからと、奉行所に持ちこむ訳がありません。父の話では、漁師たちが持ちこんだのは代官屋敷でした。下っ端役人が対応をまちがえたため、お代官さまも捲(ま)きこまれ、そのために知恵を絞らねばならぬことになるのです。そのまえにみなさん、落語の『テレスコ』を変だと思われませんか」

「変と申されると」

「いくら落語だからって、魚の名前を言っただけで百両の懸賞金が出るなんて、どう考えても変じゃないですか」

「たしかに変だ。十両盗めば首が飛ぶってのに、魚の名前を言っただけで百両もらえるというのは変と言うしかない」

権三郎(ごんざぶろう)がそう言うと、平吉(へいきち)はべつの考えを述べた。

「多すぎますが、それは落語だから話をおもしろくするために、度肝を抜く大金にしたのではないですかね」

「すると伊兵衛さんが父上からお聞きになった話では、そのことがなんの不自然もなく」

甚兵衛に言われて伊兵衛はうなずいた。

「そうなんです。だからてまえは寄席で『テレスコ』を聞いて、いくらなんでもひどいと。落語とはそんなものだと言われればそれまでですが、だとしてもいい加減すぎます。なぜなら懸賞金が百両になった、その理由が語られていないのですから。実際にあった話を聞いたわたしは、そこんとこを知ってもらいたいですね」

「だったらそれを話してくださいよ、お父上にお聞きになったままでいいですから」

「先ほど申しましたが、概ねちがいはございません」

「であれば、ちがいがおおきくなった部分から。と言うより漁師たちが代官屋敷に魚を持ちこむ辺りから、にしていただけるとありがたいですね」

伊兵衛はしばらく考えてから、慎重に語り始めた。

二

「村人はだれも魚の名前を知りませんでした。村長（むらおさ）や知恵者として知られる寺の住持にも見せたが、やはりわかりません。そのうちにだれかが、代官所ならわかるかもしれないと言いましてね。古い記録が残されているというのがその理由です。大水に大火事、地揺れや津波、幽霊騒動や箒星のことなどが記録されているので、珍魚が獲れたことも残されているかもしれぬと期待したのでしょう」

　ということで網元をやっている浜の世話役や船持ちの漁師ら、代表五人が代官屋敷を訪れたそうだ。魚はすでに死んでいた。

　長崎代官は代々高木作右衛門を名乗り、勝山町にある二千六十五坪の代官屋敷を本拠としている。代官に従うのは手付数人、元締手代一人と平手代十人ほど、書役一人などであった。

　代官所の手付は商家の番頭のような立場だが、町人や百姓から登用される手代とちがって、幕府の御家人だから歴とした幕臣である。その手付の一人が応じたものの、魚の名はわからない。

「ここからはわたしが父から聞いたとおりでなく、江戸の言葉に直して話します。なぜなら地元の言葉は、みなさまはおわかりでないでしょう。『こがん旨か饅頭はなかなかなか』くらいですと、これほどおいしい饅頭はそうあるものではない、と見当が付くかもしれません。ですが『はよう寝らんば、あもじょの来っぞ』ってわかりますか。あもじょはあもよとも言いますが」

言って客たちを見渡したが、だれも首を傾げるばかりで答えられる者はいない。伊兵衛は満足気な笑いを浮かべた。

「早く寝ないとお化けが来るよ、と言ってむずかる子供を脅して寝かしつける決まり文句です。てまえは父の話す長崎言葉はわかっても、自分では思うように喋れません。みなさまもおわかりでないでしょうから、日ごろ話す江戸言葉で喋らせてもらいます」

伊兵衛によると代表五人と代官所手付のあいだで、こんな会話が交わされたとのことだ。

「ともかくその魚を見せろ。……む、死んでおるな」

「獲ってから、かなり経ちましたので」

「魚は死ねば色が変わることがあるが」

「この魚は少し白っぽくなりましたが、それも敢えて言えばというくらいで、生きていたときとほとんど変わってはおりません」

「あいわかった。追って調べおく」

見てもわからぬので、手付はそう言って一同を退がらせた。

まさか代官に訊く訳にはいかないし、わかるとも思えない。代官所の全員と出入りの者にも訊いたが、だれ一人として知っている者がおらず、手分けして古い記録も調べたがやはり出てこなかった。

「仕方があるまい。わからぬものはわからぬのだ」

「そうもゆかぬ。追って調べると言ったゆえ沽券に関わる。代官所の者がわからぬではすむまい」

手付たちが騒いでいると、代官が通り掛かった。代々高木作右衛門を名乗っているが、そのときの代官が何代目かは、伊兵衛の父親にもわからないとのことだ。

「いかがいたした」

問われたからにはそのままにできないので、実はこういう訳でしてと説明するしかない。本来ならそんな問題は手付以下が処理するのだが、この代官は人一倍好奇心が強かったようだ。

「村中の漁師が知らぬ珍魚だと」

「はは。さようにございます」

「古き記録には当たってみたか」

「手分けして調べましたが、鯨や膃肭臍が姿を見せた記録はあるものの、当該の魚に関しましては」

「後学のためにも知りたきものであるのう」

しばらく考えた代官は、お抱えの絵師を呼びにやらせた。

「仰せにより罷り越しました」

「筆と絵具は持参致したか」

「はい。持ってまいりました。ところでなにを描けばよろしいので」

「この魚じゃ。原寸大に描いて、そっくりおなじに彩色せよ」

「何枚ほど描きましょうか」

札の辻に貼り出すので、その枚数を描かせることにした。札の辻とは土地の者の通称で、大通りの四ツ辻に設けられた江戸における高札場である。

手付の筆頭と相談して、「此度藩の沖合にて、かような珍魚が獲れた。魚の名を存じおる者があれば、代官所まで申し出るように」と、絵の横に付記させることにした。

「魚の名を報せた者にはいかほどの褒美を」

問われた代官は少し考えてから言った。

「そうだな。百が妥当ではなかろうか」

うなずいた手付は、書役見習いに文を下書きさせた。

文案を見せられた代官は、目を通して「よかろう」と言った。紙は貴重なため、下書きは反故紙の裏に書いてある。文字がちいさい上に墨が滲んで、目が悪くなりかけていた代官には読みにくかった。

だがその手の通達の文言は決まっているので、特に問題もなかろうと許可し、絵師の描いた魚の絵の横に書くよう、書役見習いに命じたのである。

代官が直接関わるのは重大な案件のみで、大抵のことは手付や手代が処理する。しかし、魚の名前に関しては関心が強かったので、連絡があれば報せるようにと言って代官は部屋を出た。

反響はおおきく、翌朝、代官所の門が開くなり、さっそく一人の男が出頭した。

落語では多度屋茂兵衛となっているが、伊兵衛によると名前はないそうである。ない訳がないが、父から聞いたのは「ある男」で、名前はわからないそうだ。

「代官に聞かれて男は魚の名を告げますが、父から聞いたのはテレスコではありませんでした。ですがここでは、みなさまお馴染みのテレスコで話すことにしたいと思います」

「さて、それはどうかだが」

含みを持った言い方をしたのは、それまで黙って聞いていた島造である。なにかあれば知識をひけらかす癖のある島造が、黙したままなのが信吾はふしぎでならなかった。落語はともかくとして、普通の人があまり知らないはずの長崎奉行や代官が話題になれば、島造が蘊蓄を傾けないはずがないのだ。だから信吾は、なにか考えがあるのだろうかと思っていたのである。

さて、なにを言いたいのだろうか。

「落語は噺家が創り出したものもあるが、ほとんどに元のネタがある。各地に伝わる昔話とか、唐天竺の古い書物に出ていた話を、わが邦のどこかに置き換えてそれらしく創り直したのがほとんどでな。『テレスコ』の元の話は、号を一円と称す無住道暁が編んだ『沙石集』に出ておる。テレスコとステレンキョウではのうて、クグルグツとヒヒリヒツが元の名だな。京の坊主安楽庵策伝の『醒睡笑』には、ホホラホとククラクとなっておる。『沙石集』もそうだが、どっちもいかにも作ったような名だから笑えるではないか。両方とも話は単純でごく短いものだ。それに噺家があれこれ付け加えて、今のようなおもしろおかしい噺に仕立てたということだな。ところで伊兵衛さん。親父さんに聞いた話では、テレスコはなんという名でしたか」

「シカチタグノですが」

「舌を嚙みそうな名ですな」と、客たちを見渡してから島造は言った。「ではステレンキョウは」

「コジュグチノンです」

「こちらも舌を嚙みそうなことでは、負けちゃいませんな。早口言葉にしたらいいかもしれない。わたしなどは三回どころか、二回も続けられそうにありませんよ」と、そこで島造は口早に言った。「もう一度伺いたいがテレスコはなんと」

「シカチタグノ」

伊兵衛が言い終わらぬうちに、島造はすかさず訊いた。

「ステレンキョウは」

「コジュグチノン」

「まちがえずに言えたところをみると、どうやら出鱈目ではなさそうだ」

「島造さん、いくらなんでも失礼がすぎやしませんか」と、信吾は堪りかねて客を窘めた。「わたしのほうからむりにお願いして話してもらっているのに、腰を折るようなことをなさっちゃ、伊兵衛さんは続けられないではないですか」

「いや、失敬した」と島造は言ったが、まるで悪びれたふうではない。「疑った訳じゃありませんがな。もしかすると、と思ったのですよ」

「もしか、と申されると」

「二通りのことをね。席亭さんが変わった話をするようにと急に持ち掛けたので、止むを得ず親父さんから聞いた田舎の話を披露したというのが一つ」

「それしか考えられないと思いますが、もう一つとは」

「無理難題を突き付けられて居直った伊兵衛さんは、だったらとんでもない話をでっちあげて、席亭とやらの鼻を明かしてやろうと企んだ。ですがこちらは撤回しますよ。伊兵衛さんはてまえのようなひねくれ者とはおおちがいの、すなおなお方のようだから」

　島造の弁明を半ば無視するように、信吾は新しい客に言った。

「伊兵衛さん。こちらの島造さんはおなじ上級上位の力量の持ち主なので、のちほどたっぷりと勝負なさってください。江戸の敵(かたき)を長崎で討つ、ではありませんが、長崎の敵を江戸で、いや名前の敵を将棋で、ですかね」

　信吾がそう言うと客たちが囃(はや)し立てたので、島造は苦笑するしかなかったようだ。

「さて、伊兵衛さん。いよいよ山場に差し掛かりましたよ」と、信吾は言った。「なぜ懸賞金が百両になったかを鮮やかに明かしてください。あッ、それから魚の名はテレスコでもシカチタグノでも、ステレンキョウでも、えッと」

「コジュグチノンですが、やはりテレスコとステレンキョウでいきましょう。みなさんそのほうがわかりやすいでしょうし、シカチタグノとコジュグチノンでは、てまえですら舌を嚙みそうですから」

　そう断ってから伊兵衛は続きを話し始めた。

三

　魚を見せられてその名を問われた男は、抜かりなく念を押すことを忘れなかった。

「この魚ならば存じております。名を申しあげたる節は、ご褒美はまちがいなく頂戴願えますので」

「まちがいのう、そのほうに遣わす。なんと申す魚じゃ」

「これはテレスコでございます」

「なんじゃと」

「テレスコ。テ、レ、ス、コ」

　ちがやしないか、とも言えない。だれも知らないのだから、コスレテでもスコテレでも構わない理屈である。

「ところでご褒美の百両ですが、いつ戴けますので」

「百両だと、なにを申す」と言おうとして、代官は言葉を呑みこんだ。

　手付に問われて百が妥当だろうと答えたが、百文のつもりだったのだ。手付も当然だが百文とわかっているはずであった。百文なら掛蕎麦が六杯ほど食べられる額ゆえ、魚の名を告げるだけならそれで十分だと思ったのである。

　それがどうして百両になってしまったのか。

　書役見習いが念のために書いた文案は、反故紙の裏にちいさな字で書かれていた。しかも表の墨が滲んで読みにくかった。あのおり手付に確認すればよかったのだが、目が弱くなっていることを知られたくなかったので、代官はつい見える振りをしてしまったのだ。そのため書役見習いが「百両」と書きまちがえたことに、気付かなかったのである。

　いくらだれも知らなかったからといって、魚の名を告げただけで百両の褒美がもらえる訳がないではないか。書役見習いはともかくとして、手付にはそれくらい常識でわからぬ訳があるまいに、と臍(ほぞ)を噬(か)んだが後の祭りである。

それにしても迂闊(うかつ)であった。

偶然とはいえ悪い条件が重なりすぎたが、代官はそれを防ぐことを怠ってしまったのである。明らかに過失だ。かと言って代官の名で札の辻に貼り出した以上は、取り消しにできない。

代官は手付に命じ、手付は手代に、褒美の百両を名乗り出た男に渡すよう指示した。大金を手にした男は雀躍(こおどり)しながら帰って行った。

この事実は記録として残ってしまう。藩始まって以来の愚かな代官として、後ろ指を指されることだろう。いや、それだけですむはずがなかった。なにかの事情で長崎奉行や勘定奉行に伝われば、代官の職に留(とど)まることはおろか、場合によっては家を廃されかねない。

早急になんとかせねばならぬが、苦境に陥って悩んでいることを、代官所の面々に知られてはならないのである。

「なるほど、そうでしたか。これですっきりしましたよ」と言ったのは、桝屋(ますや)の隠居良作(りょうさく)であった。「落語の『テレスコ』では、なぜ百両もの懸賞金を出すことになったかに触れていませんからね。百両払うと貼り出してしまったのを、奉行がなんとか帳消しにしたというだけで終わっています。そうですか。配下の不手際だけでなく、代官も関わった上にその不注意が招いたことだったのですね。実によくわかるしおもしろいのに、落語はなぜそうしなかったのでしょう」

「知らなかったからだと思います」と、甚兵衛が良作に言った。「知っていたら噺家が使わない訳がありませんが、長崎は遠いですからね。それに伊兵衛さんの話したことを知っているのは、当地でもかぎられた人だけだったでしょうから」

桝屋と甚兵衛の話を聞きながら、なるほどと感じたものの、信吾は心の裡に違和感を覚えずにいられなかった。しかし客たちが期待しているのはわかっているので、うなずくしかなかったのだ。

「それで泡を喰った代官が、知恵を絞って百両を取りもどす訳ですね。伊兵衛さん、そこんとこを」

うなずいた伊兵衛は、「では、父に聞いたままを話します」と断って続きを語った。

一睡もせずに善後策を練った代官は、普段と変わらぬふうを装っていた。

前日、高札に描かれた魚の絵を見て役所にやって来た男が、念のために実物を見たいと言ったので見せている。あの魚、男がテレスコと言った魚はどうなっただろう。役目が終わったからといって、猫の餌として与えてはおるまいが、もしそうであればどうにも都合が悪いのである。

それぞれが自分の持ち場で役目の仕事を始めるのを待って、代官が問題のテレスコをどうしたかさりげなく訊いたところ、ある手代が片付けたとのことである。片付けたとはどういう意味だ。まさか捨てたりはしておるまいが、猫の餌にしたことは十分に考えられた。ともかく気が気でない。

ついでの折にその手代に代官の部屋に顔を出すようにと言って、じりじりしながら待つ。書類を拡げてあるが、文面を追っても少しも頭に入らないのである。

やがて件の手代がやって来た。

「お呼びでございますか」

「昨日、褒美を与えた男に見せた魚は、そちが処理したそうだが」

「それがどうかいたしましたので」

「捨てたのか」

「捨てはしませんが、いずれにしましてもいい加減に扱える品ではありません」

「だからどうしたと訊いておるのだ」

「なにしろ百両の褒美のもととなった魚ですから」

百両のひと言が胸に突き刺さる。それにしてもこの手代、ただ鈍感なだけなのか、その振りをしているのか判断が付かない。

「とは申しても、高が魚にすぎぬからな」

「ご心配は無用でございます。網戸になった水屋(みずや)に仕舞って、鍵を掛けておきました。もしかするとお代官さまは、珍魚ゆえ食してみたいとお考えでしょうか」

「いや、そんな気はないが」

「ようございました。少し傷んで臭い始めております」

「なに、腐敗が始まったのか、ならばテレスコと申したその魚を干せ」

「干しますので」

「そうだ。干魚にするのだ。好都合なことに本日は晴天である。断じて猫などに盗(と)られるではないぞ」

「仕事のほうは」

「それが本日のそのほうの仕事だ。役目のことは気にせずに、干しあがるまで見張っておれ。手付と元締手代にはそのように言っておく」

手代はどうにも解せんとの顔をして何度も首を傾げたが、代官に命じられたのだから従うしかない。

その手代が干した魚を持参したのは、八ツ半（三時）になってからであった。笊(ざる)に紙を敷き、その上にテレスコを載せてある。乾燥させたのでいくらかちいさくなっているし、変形して見た目はまるで別物であった。

　代官は直ちに絵師を呼び寄せた。先日とおなじ枚数を描かせ、札の辻に貼り出させたのである。

「此度もかような魚が沖合にて獲れた。魚の名を存じおる者があれば、直ちに代官所へ申し出るように。褒美として金百両を遣わすものなり」


　そこまで話して中断し、伊兵衛は客たちに笑顔を向けた。話し方が独特で、朴訥（ぼくとつ）としていながら琴線に触れる部分があるらしく、将棋客たちがすっかり引きこまれているのがわかった。

「ここでステレンキョウの話に移り、代官の策にまんまと引っ掛かった男が死罪を申し付けられますが、女房への言葉で命を取り留めます。それからのことは落語とほとんどおなじになりますから、おあとがよろしいようで」

　伊兵衛が高座の噺家のような言い方をしたため、座に笑いが満ちた。いい雰囲気になったので、信吾としてはここで終わらせたくはなかった。それに、もう少し伊兵衛の話を聞きたかったのである。違和感の原因がわかりかけてもいた。

「伊兵衛さんのおっしゃることはごもっともですが、てまえとしては、わかってはいても続きを聞きたいですね。もしかすると、落語との微妙なちがいにさらに気付けるかもしれませんから」

同意というか賛同の拍手が起きた。実は伊兵衛も話したかったらしく、「であれば」と言うふうにうなずいた。

貼り出すと一刻（約二時間）もせぬうちに、一人の男が代官屋敷にやって来た。

「恐れながらお願いでございます」

「なんじゃ」

「お貼り出しになりました魚の名を存じおり、申しあげたく、罷り出でましてございます」

知らせを受けた代官が、男に直接訊くことにした。

「うむ、そのほうが存じおる者であるか」

「はい。絵は見ましたが、実物を見ませんとちがうといけません。念のために魚を見せていただきたいと心得ます」

「うむ。念の入った話である。見せて取らせる。その魚じゃ、しかと見よ」

言われた男はまじまじと観察し始めた。

やがて男は顔をあげた。

「これならばてまえはよく存じおりますが、申しあげました節は、ご褒美はまちがいなく頂戴願えますので」

「褒美は遣わすが、そのほうは去ぬる日、テレスコと申せし魚にて百両遣わしたのと同一人であるな」

「御意にございます」

「なんと申す魚であるか」

「これはステレンキョウと申します」

「なに、ステレンキョウだと。それにまちがいないか」

「ございません」

欲は深いが知恵の足らぬ男だと、代官は内心にんまりした。

「よいか。よく承れ。そのほうがテレスコと申したものを干したのがそれで、まったく同一の魚である。テレスコを干しただけで、ステレンキョウと名が変わる訳があるまい。お上を偽り、百両騙り取ったのだ」と、代官は扇でトンと床を打った。「その上、さらに百両を騙し取ろうとは不届き至極なり。吟味中入牢申し付ける」

百両騙り取った上にさらに百両取ろうとしたので、刑罰が決まるまで牢に入れられることになった。

後ろ手に縛られて白洲へ曳き出された男は、髭ぼうぼうで痩せ衰え、悄然と控えている。

代官が席に着いた。左右に手付が並び背後には書役が筆を手に机に向かっているが、江戸町奉行所であれば与力と祐筆ということになる。

代官は扇子を膝へ突いて男を睨み付けた。

「そのほうテレスコと申せしおなじ魚をステレンキョウとお上を偽り、金子を騙り取ろうとしたる罪軽からず、重き咎にもおこなうべきなれど、お慈悲を持って打ち首申し付くる。なんぞ望みあらば一つは叶え遣わす。望みがあらば申せ」

褒美はもらえず、せっかく手に入れた百両を没収された上に打ち首となるのだ。男はすっかりしょげて、首うなだれるばかり。ようやくちいさな声で言った。

「ありがたきお言葉。情け深きお代官さまのお慈悲をもちまして、妻子に一目会わせていただきとう願います」

「うむ。この者の妻子を呼べ」

痩せ衰えた姿で乳呑児を抱いた女房が、よろけながら夫の横に坐る。

「どうした。……いや、わしは自業自得で仕方がないが、おまえはどうしてそれほど窶れたのだ」

「はい」と、女房は袖で涙を押さえた。「あなたが牢に入れられて、一日も早く身の証の立つように食を断ちましたが、お乳が出ませんでは子供が可哀相でございます。仕方なく蕎麦粉を水に溶いたのをいただいておりますので、かように窶れました」

涙を誘う夫婦の愁嘆場だが、そのもとを作ったのは代官だと言えなくもない。百文かどうかを確認しさえすれば、命を取らずに叩き刑程度ですませられたはずである。

たしかに百両という大金を騙し取ったのは許されることではないが、魚の絵付きの札を見て、だれも名を知らないのであればと、頓智が働いただけのことなのだ。ほんの出来心だったにちがいない。金が絡まなければ罪にはならず、むしろおもしろいやつだと称讃されただろう。

しかし、金を騙し取った罪科は消すことができない。ところがその金、百両はすでに取り返している。乳呑児を抱き、目を泣き腫らした若い女房と、痩せて髭ぼうぼうの、諦めて死に赴こうとする夫。

代官が苦り切った顔をしているのは、罪人を裁く立場だからだけではなかった。なんとか命を助けてやりたいのに、それができないもどかしさのためである。せめて罪を一等減じて、打ち首だけは避けたかったのだが、今さらどうにもならないのだ。

女房がなぜ窶れたのかを知った夫の両目から、涙が滂沱と溢れた。

「あァありがたい。それほどに苦労をしてくれたが、わしは打ち首になる。これもみな身から出た錆。わしは死んでいく身、なにも思い残すことはないが、どうかその子供がおおきくなってからのち、イカの干したのをスルメと言わせるな」

それを聞いて、代官は胸の裡で快哉を叫んだ。そのひと言で罪を軽くし、いや持っていきようでは無罪にすらできるかもしれない。これで藩始まって以来、もっとも愚かなる代官の烙印を捺されずにすむのである。

であればと欲が出た。手順を踏んだ上に名文句の一つも言って、人情味溢れる名代官と讃えられたいではないか。

「イカの干したのをスルメと言わせるな、であるか」と、代官は小膝を打った。「生でテレスコ、干してステレンキョウと名が変わったと言いたいのだな。そのほうの言い訳は相立った。即刻、無罪。無罪を言い渡す」

「えッ、わたしが無罪。……あ、ありがとう存じます」

手の舞い足の踏み所を知らない、となるのもむりはないだろう。まさに地獄から極楽へ、一瞬にして転じることができたのである。抱きあって喜ぶ若い夫婦と、キョトンとしている乳呑児。

「そこで終わりで、残念ながら落語のような落ちはありません」と、伊兵衛は客たちを見渡した。「さすが高木作右衛門さまだと、地元長崎ではその一件で、すっかり知恵代官の名を高めたのですが」

四

「伊兵衛さん、ありがとうございました。こんなにおもしろい話を聴かせていただけるとは、思ってもいませんでしたよ」

信吾がそう言ったところに、常吉(つねきち)が湯呑茶碗(ゆのみぢゃわん)を並べた盆を持って来た。

「どうか潤してください。咽喉(のど)が渇いたでしょう」

常吉はまず伊兵衛のまえに茶碗を置いた。新しい常連であり、この日のいわば主賓である。続いて家主なのでただ一人席料を払わなくていい甚兵衛、続いて桝屋良作と、主だった順に置いてゆく。

常吉もすっかり席亭の助手(すけて)が板に付いて来たと信吾は感心したが、話に夢中になって気付かなかっただけで、すでに四ツ（十時）であった。朝の茶の時間になっていたのだ。

「いや、おもしろかったです」と、一口含んでから甚兵衛が言った。「寄席で聴いた『テレスコ』より、ずっと楽しかったですよ」

「褒美、つまり懸賞金がなぜ百両になったかが、明かされたからだと思いますね」

甚兵衛の言葉を受けたのは桝屋良作だが、ほかの客たちは長老格で将棋の腕も一位、二位という二人の話を傾聴している。

りません」

「しかし今まで、それをふしぎと思わず聴いていたのだから、われながら呆れるしかありません」

「むりもないですよ、甚兵衛さん。寄席で聴いているてまえどもだけでなく、高座の噺家さえ気付かなかったのですからね」

「気付きはしても、そうおおきな問題と捉えなかったのかもしれません。あるいは噺の流れが速やかでなくなると考えたか」

「ということはですね、島造さんが先ほどおっしゃったシャなんとかとか、スイセイなんとかにも百両になった理由は出ていなかったんでしょう」

そう訊いたのは、伊兵衛を連れて来た太郎次郎であった。

「『沙石集』と『醒睡笑』ですか」と、島造は太郎次郎の記憶ちがいに苦笑した。「まるで触れていないどころか、もとの話は信じられぬほど短くて簡単です。こんな話からよく一席の落語に仕立てたものだと、噺家を褒めたくなるくらいでしてね。『醒睡笑』なんてこうですから」

津国つまり摂津の兵庫の浦で珍しい魚が獲れたが、だれもその名を知らない。その浦に物識りの太夫という男がいるので見せると、「これはホホラホだ」と言った。

おなじ魚を公方の所へ持って行くがだれにも名がわからない。そこで物識りの太夫を呼んで名を問うた。すると「ククラクだ」と答えた。以前聞いていた者が「このまえに言ったのとちがう」と咎めたところ、「無塩(ぶえん)のときはホホラホ、今はさがりなのでククラクと言う」と平然と答えた。

無塩つまり生(なま)のときと、鮮度が落ちた「さがり」では呼び名がちがうと、二枚舌を使ったというだけの話である。

「すると『沙石集』ではどういうふうに」

訊いたのは太郎次郎だが、だれもが知りたかったことであったようだ。

「『醒睡笑』よりは長いが、おおきな差はないな。場所がたしか播磨国(はりまのくに)の明石(あかし)の浦で」

島造が空(くう)に目を泳がせたのは、どうやらうろ覚えだからのようだ。話しに『醒睡笑』のときほど切れがなく、どことなく曖昧なのはそのためかもしれない。

だれも知らぬ魚が獲れたので、物識りと称する男に訊くと「クグルグツ」と答えた。するとそれをだれかが書き記してあった。

四年後に上洛(じょうらく)して田舎の話をした折、明石の浦で獲ったふしぎな魚を干したものだと見せると名を訊かれた。書いたものを紛失したのでおなじ物識り男に訊いたのである。先に言った名を忘れていたし、魚を見ると乾き切っているので男は「ヒヒリヒツだ」と答えた。

ところが書いたものが見付かって「クグルグツでないのか」と言われ、「あれは生だからだ」と言い逃れる、とのことだそうだ。

信吾には島造の話しぶりが、『沙石集』や『醒睡笑』に出てくる物識り顔をした男と二重写しになったが、その辺を衝くことはしなかった。甚兵衛や桝屋と目が会ったとき、そこに笑いが滲み出ていたのは、おなじようなことを感じたからかもしれない。

「出どころはいっしょじゃないかと思うのだがね」と島造は言ったが、いつもほど自信たっぷりではなかった。「先のが摂津の兵庫の浦で、片や播磨国の明石の浦。兵庫と明石はそれほど離れておらぬはずだ」

「ちょっとおかしくないですか」と疑問を呈したのは、小間物屋の隠居平吉であった。

「ククラクとホホラホ、クグルグツとヒヒリヒツ。生と干物で名がちがう点はおなじですが、兵庫と明石では名前がまるでちがいますからね。元がおなじなら、半分ぐらいはおなじでなくちゃ変ですよ」

「口から口へと伝わっているうちに、長い年月が経って」

島造は言い訳をしたが、いかにも苦しそうであった。

「兵庫は四文字四文字で、明石は五文字五文字ですね」

のんびりとした調子で素七が言ったが、なにが言いたいのかだれにもわからない。三五郎が素っ頓狂な声を出した。

「生魚と干魚の文字数ですか。しかし、そんなことは特に意味を持たんでしょう」

苦笑とも言えぬ、妙に曖昧な笑いが起きた。

「落語の『テレスコ』なんですがね」と、桝屋良作が言った。「いっそのこと、伊兵衛さんのおっしゃった『シカチタグノ』にしてはどうですかね」

「落語の題を勝手に変えてもいいのですか」

信じられぬという顔で訊いたのは、まだ若い常連客であった。それに答えたのは甚兵衛である。

「もちろん、題も出てくる人の名も、話の筋や落ちさえ自由に変えられます。そのかわりおもしろくなければ、客はそっぽを向きますがね。おなじ噺で題がちがうこともあります。江戸の『時そば』が上方では『時うどん』で演じられて、これは蕎麦を食べるか饂飩を食べるかのちがいでそうなっていますね。江戸の『酢豆腐』が上方で『ちりとてちん』、『洒落小町』が『口合小町』、『粗忽の釘』が『宿がえ』とたくさんあります。ともかくおもしろければ、お客さんに楽しんでもらえれば、なんでもありなのですよ」

「ある噺の一部を抜き出して膨らませ、ちがう話を作ったりもします。ともかくおもしろければ」

「題を変えるのには拘りませんが」と、桝屋が言った。「裁くのは町奉行ではなくて、代官にすればいいと思いますよ。なぜ百両になったのかもすっきりしているし、多くの人に受け容れられると思いますが」

「そりゃ駄目だ」と、島造が頭から打ち消した。「だれの頭にも、テレスコとステレンキョウが入っておりますからな。いまさらシカチタグノとノン……なんでしたっけ」

「コジュグチノン」

「コジュグチノンに切り替えろなんて言ったって、通じやしませんよ。噺家は仕事だから憶（おぼ）えるでしょうが、テレスコとステレンキョウに馴染んだ客は、そんな面倒なことは受け付けやしませんからね。それより、代官じゃ駄目です」と、島造は力を籠めた。

「江戸じゃ名奉行は、大岡越前守（おおおかえちぜんのかみ）さまをはじめ何人もが知られていますが、代官には馴染みがありません。ましてや伊兵衛さんには悪いけれど、遠国（おんごく）長崎のお代官高木作右衛門さんなんて、江戸っ子はだれも知りませんから」

「そうかもしれませんね。しかし、せめて百文が百両になった事情は、入れてもらいたいですよ」と余程気に入ったのか、桝屋良作が珍しく熱っぽい言い方をした。「あのような微妙なずれは日々の生活の中でも起きることがありますから、お客さんには納得してもらえると思いますし、『テレスコ』そのものが一段とおもしろくなるはずですから」

「ところで伊兵衛さん。高木作右衛門さんは、だれとも気さくに話されるような方だったのでしょうか」

　かなりのことが明らかになったので、それまで抱き続けて来た違和感の原因を突き止めたくなって、信吾はそのように話し掛けた。

「お代官の高木さまは代々作右衛門を名乗っておられるので、父の話したのが何代目かわからないのではっきり申せません。しかし長崎奉行が、駕籠（かご）を出て挨拶されるほどですからね。長崎奉行と言えば直参のお旗本でしょう。お代官に仕える人も、手代は百姓や町人の出ですが、その上の手付は御家人ですから。となるとお代官が庶民と気さくに話されることはないと思いますけれど、それがなにか」

「伊兵衛さんが父上からお聞きになった話を伺っておりますと、代官さまの心の裡が実に濃やかにわかるでしょう。例えばご自分は百文のつもりで手付に『百が妥当ではないか』と言われましたが、書役見習いが反故紙の裏に書いたので、字がちいさい上に墨が滲んでいる。それが百両になった原因だろうと思われましたね。まるで代官がだれかに打ち明けたのではないかと、そんな気がしたものですから」

「お代官の高木さまが、そんなことをなさるはずがありません」

「そうだと思います。とすれば、どうしてあそこまで詳しく心の裡が」

「さすが信吾さんですね」と、伊兵衛は顔を輝かせた。「相談屋をやってらっしゃるからこそ、気付かれたのでしょう。てまえも気になったものですから父に質しましたが、代官さまがそんなことを話される訳がないと一蹴されました」

「それなのに、どうしてあそこまで」

「手付も知っているはずがありませんが、知っていても話すとは思えません。なにしろ幕府の御家人ですからね。手代もお代官の秘密を洩らしたりはしないはずです」

「でしたら、父上はどうしてそんなに詳しいことまで」

「秘密は洩らさないでしょうが、自慢はしますからね」

「自慢ですって」

信吾にはだれが自慢するのかわからない。

「相談屋さんにもおわかりになりませんか」と、伊兵衛はうれしそうに笑った。「高木さまが素晴らしいお人であれば、自分たちの代官さまを自慢したくなるのが人の情ってものでしょう」

数人いる手付は御家人だが、その下に元締手代一人に平手代が十人ほどいて、日々代官の近くに仕えてさまざまな用を足している。そのため魚の名を告げて百両をせしめた男や絵師、さらには手付との遣り取りを、常に手代のだれかが見聞きしていた。

「たくさんいる手代が洩らした話を繋ぎあわせ、前後や全体のことを勘案すると、お代官さまはほとんど黙っておられても、そのお心の裡まで推し量れるはずだ、と父は申しました。それも自信たっぷりにね。現に素晴らしい方なんでしょうが、手代たちが自慢たらたら話しているうちに」

「想像、ときには勘繰りも交えて、先ほどお話しいただいた物語ができあがったということですね」

「はい。しかもほとんどまちがいないだろうと、父は申しておりました」

「ということですが、みなさま楽しんでいただけましたね」と、信吾は客たちを見渡した。「毎度申しますけれど、ここは将棋会所『駒形(こまがた)』です。昼が近くなりましたので早指しになるかもしれませんが、指し掛けにして続きは午後という方法もございます。どうか対局をお楽しみください」

常吉と甚兵衛に母屋にもどることを伝え、信吾は沓脱石(くつぬぎいし)の日和下駄(ひよりげた)を突っ掛けた。テレスコ騒動の話があまりにもおもしろいので、熱の冷めないうちに波乃(なみの)に話してやりたかったからである。久し振りに笑いの箍(たが)が外れて、馬鹿笑いが聞けそうな気がしてならない。

肥前屋伊兵衛に常連客が好感を抱いたことが、信吾には実によくわかった。自分がなりたいと思いながらなれない、なれそうにない、そういう人物として映るのだろう。

商売一途に励み、見世を息子に譲るまでは趣味の将棋もほどほどに、身を粉にして働き続けたこと。父の故郷を、そして人徳ある代官を誇りに思っていること。それは取りも直さず自分の生まれた江戸、そこに住む人々、家族や仕事を愛していることでもある。

本当にいい人が常連になってくれたと思い、それだけで信吾の心は軽く明るくなるのであった。

上には上が

一

昼食を終えた信吾が茶を喫して将棋会所にもどったので、波乃は表座敷の八畳間で縫物を始めた。陽(ひ)が障子全面に射(さ)して部屋中が明るく、運針がはかどるので気分は爽快であった。夏場は軒が強い陽光を遮ってくれるし、冬は低く巡って光を与えてくれるのでありがたい。

金龍山浅草寺弁天山(きんりゅうざんせんそうじべんてんやま)の時の鐘が、八ツ（二時）を告げて間もなくであった。訪(おとな)いの声に出ると商家の女主人ふうの、四十代半ばと思われる女性が立っていた。ゆったりとした雰囲気だが、どことなく隙のない印象を与えるのは、相談屋に来たという緊張のため身構えているからかもしれない。

二領(にまい)の下襲(したがさね)に黒縮緬(くろちりめん)の定紋付きの表着(おもてぎ)で、緞子(どんす)の帯を前結びしていた。髪は丸髷(まるまげ)で笄(こうがい)は厚くて短い。履物は雪駄(せった)であった。

色白でわずかに下膨れのした顔は、その円(まろ)やかさのためだろう、どことなく人を安心させるところがある。頭髪は艶があって黒々としているので、半白に近い波乃の母よりずっと若く感じられた。ただ鬢(びん)には何本かの白髪が見えた。目立つので抜く人が多いが、あまり気にしない性格のようだ。

斜め後ろには、着物も顔立ちも地味な、十代と思われる下女が控えている。

「少々お待ちいただけますでしょうか。すぐに主人を呼びますから」

「波乃さんでしょう、信吾さんといっしょに相談屋をやっている」

客が信吾だけでなく自分の名を知っていることに驚いたが、波乃はにこやかに笑い掛けた。

「はい。二人でやっております」

「波乃さんの相談客は、あなたとおなじ年ごろか年下の娘さんが多いようですね。あたしがけっこうな齢(とし)なので、信吾さんの客だと思ったのはむりもないけど」

母と同年輩の婦人が自分に相談しに来たらしいとわかり、波乃はさらに驚いた。自分たちの名前を知っているということは、だれかに聞いて来たのだろうが、そういう客もけっこう多い。

もっとも信吾に関しては、瓦版で読んだことも考えられた。だが波乃に相談に来たとなると、どこまで知っているのだろうと、それが気にならぬこともない。

相談に事寄せて、どんな男かとの興味だけで話しに来る人がいる、と信吾が言ったことがあった。自分に対して他人が興味を抱くなど、波乃には考えられないが、頭の片隅に留めておいても不都合はないはずだ。

「そういたしますと、わたくしに」

「波乃さんに相談に乗っていただきたいのだけれど、そう畏まらなくていいですよ」

緊張しているのを客に覚られるようでは、相談屋として未熟と言うしかないだろう。ぎこちなさを解さねばと思う波乃に、頓着することなく相手は言った。

「それに料金は払いますが、今日は相談まで進まないかもしれないわ。取り留めもないことを話しただけで、帰ることだってありますよね」

やはり、信吾の言っていたような興味本位の客だろうか。それともさほど深刻だとか急ぎではない客なのかもしれないし、あるいは硬くなった波乃の表情を見て解そうとしたのかもしれなかった。

いずれにせよ、立ち話ですませられることではない。

「でしたら」

波乃は客をうながして八畳間に入ると、布や鋏、針山や物差しなどを素早く片付けた。壁際に置いてあった座布団を敷いて坐ってもらう。

下女は六畳間で待たせるが、襖で隔てただけなので話は筒抜けのはずだ。あるじやその相手の喋った内容は、奉公人は一切聞かなかったことにするのが決まりであった。黙って待っていなければならないのだから、仕事とはいえ辛いことだろう。

「少々お待ちくださいね、すぐお茶を淹れますから」

「ありがとう。だけどけっこうよ、波乃さん」と言ってから、女は続けた。「咽喉が渇いたら、そのときお願いするわ」

　腰を浮かしかけた波乃が坐るのを待って、女は笑いを浮かべた。

「あたしは玉藻です。どうかよろしく。玉藻の前とおなじ名だけど、狐の化身ではないので、化かしたり騙したりはしませんからご安心を。こちらが波乃さんを知っていても、あなたがあたしの名前を知らなければ、話が進まないですからね」

　そう言って玉藻は体の横に置いていた風呂敷包みを、波乃のまえに押し出した。波乃が首を傾げると、相談に乗ってもらうのに空手でもなんだからと玉藻は言った。どうやら菓子の詰めあわせのようだ。

「お心遣い、畏れ入ります」

　礼を述べた波乃が、頭をあげるのを待ってから玉藻は言った。

「最初に断っておきますが、気分を悪くしないでもらいたいの」

　なにを言いたいのかわからないので、小首を傾げるしかない。

「もちろん相談に来たのですが、あなたに関する噂が本当かどうかをたしかめたくもあってね」

　自分についての噂だと聞いて動揺せずにいられなかったが、なんとか顔に出さずに先をうながした。

「波乃さんは稀に見る素敵な女、これ以上ないというほどまともなのに、ありふれていない。常軌を逸していないながら、なんとも風変わりで味がある。あたしが耳にしたのはそんな噂です。それだけでもすごいのに、いいお嫁さんだって聞いたものだから」

「なんだか、べつの方のことを伺っているような気がします。だって本人のあたしには、なに一つ思い当たらないのですもの」

「そりゃそうでしょう。単なる噂だから」

「それで安心なさったのですね。やはり噂はいい加減だって」

「とんでもない。噂どおり、そんじょそこらにいる女ではない。稀に見るいい女だと納得しましたよ」

「ご冗談を。だって会ったばかりで、話らしい話をしていないではありませんか」

「ひと言を聞いただけでも、どんな人かわかることはあります」

年輩の相手に断言されると、若い波乃は反論できない。

「ご亭主の将棋会所を陰で支え、それればかりか、ご夫婦で困った人たちの相談に乗ってらっしゃる。それだけでもすごいことですよ。でありながら、女としての仕事もちゃんとこなしているのだもの」

玉藻はそう言って、つい先刻まで波乃が針仕事をしていた布や物差しに、ちらりと目を遣（や）った。

「将棋のことはわかりませんので主人に任せっぱなしですが、お子さんや娘さんの相談事はほぼあたしに任されています」

「娘さんは当然として、子供の相談に応じられるのが、波乃さんのすごいところだと思うわ。大抵の大人は自分の考えを押し付けるだけで、子供の悩みに応えられないことが多いですからね」

「玉藻さんはなにからなにまで良いほうに取ってくださいますけど、子供はあたしを自分の仲間のように、娘さんは姉か従姉（いとこ）のように思って、気楽に打ち明けてくれるのだと思います」

「そう感じられること自体が、波乃さんが並でないってことなんだけど、こんなことばかり話していては埒（らち）が明かないわね」

いよいよ本題に入るのだと思うと、ほっとすると同時に緊張せずにいられない。

「四十雀（しじゅうから）じゃないかしら」

玉藻が障子に目を向けたのは、閉じたままなので姿は見えないが、小鳥の群が庭にやって来たからだった。四十雀は黒っぽい頭頂部と青灰色や黒褐色の羽色をして、頰と胸から両脇にかけては白い。尾羽を入れても五寸（約一五センチメートル）ほどである。数羽で群れて枝から枝へとあわただしく移りながら啼（な）き交わし、あッと言う間もなくいなくなってしまう。

　話そうと心を決めたところに、四十雀の啼き声がしたから気が変わったのだろうか。相談客の心は、わずかなことにも影響を受けることがある。それは本人にしかわからぬ、微妙で不安定な状態にあるためかもしれない。

「小鳥が憩える庭なのね」

「狭い庭ですけれど、いろんな鳥が次々とやって来ます。四十雀だけでなく、キジバトや椋鳥、雀に鶯。あッ、それから福太郎も」

「フクタロウなんて鳥、いたかしら」

「梟の名前です。梟に太郎を加えて、福太郎と名付けたと主人は言っておりました」

「でも、梟がこんなところにねえ」

　言われて波乃は席を立つと障子を開けた。庭のほぼ中央に梅の古木があって、四方八方に枝を拡げている。すでに四十雀たちは姿を消していた。

「梅の横枝が気に入ったらしくて、ときどきやって来ます。夜か、どんよりと曇った日でないと、昼間、梟は眩しすぎてよく見えないんだそうです。枝は何本もありますけれど」と、波乃はその一本を指し示した。「あの枝がお気に入りでしてね」

　福太郎は信吾と話したくてやって来るのだが、事実を教えても玉藻には信じられる訳がなかった。

「梟だけでなく、いろんな鳥が来るのがわかる気がするわ。あなた方お二人だと、鳥も安心していられるのでしょう」

空気は冷たい。波乃は寒くは感じなかったが、玉藻のことを考えて障子を閉めた。

「お茶をいただこうかしら」

「はい。すぐ用意いたします」

悩みの相談とはかぎらないかもしれないが、玉藻が話す気になったらしいのがわかって、波乃はいくらかではあるが気が楽になった。

二

玉藻に茶を出すと、自分のまえにも波乃は湯呑茶碗を置いた。

「失礼します。少しお待ちくださいい」

波乃は六畳間に移って下女にも茶を出したが、相手は呆れるほどうろたえて、滑稽なくらい何度も頭をさげた。

八畳間にもどるなり玉藻が言った。

「すまないわね、気を遣ってもらって」

「待つ身もたいへんですから」

それにはなにも言わず、玉藻は茶碗を手に取ると、ゆっくりと口に含んだ。

いかにして話の切り口をと思っていると、玉藻がぽつりと言った。

「これじゃお姑さんも、文句の付けようがないでしょうね」

波乃の姑は信吾の母、宮戸屋の女将の繁である。叱られたり文句を言われたりしたことはないが、それはいっしょに暮らしていないためもあるかもしれない。おなじ屋根の下で顔を突きあわせていれば、なにかと注意されるのではないだろうか。

あるいは変わり者の信吾の相手なのだからと、大目に見てくれているのかもしれなかった。だが玉藻が、そんな事情まで知っているとは思えない。

「波乃さんが息子の嫁であったらあたしも安心していられるけど、残念ながら信吾さんのお嫁さんだものね」

話が急に具体的な内容に移ったので、波乃は緊張せずにいられなかった。うっかりしたことは言えないので黙って次を待つ。

かなりの間を置いて玉藻が言った。

「世間の息子ってものは、母親と嫁のどっちが大事なのかしら」

玉藻はさり気なく訊いてきたが、とすると嫁に不満が、でなければ息子と嫁のことで悩みがあるのだろうか。母親と嫁の板挟みになってどうにもできない息子が悩み苦しんでいる、などという話を耳にしたことはある。しかし目のまえの玉藻が、息子と嫁の板挟みになどとは考えられなかった。

いや、早計に決め付けてはならない。なぜなら玉藻については、まだ名前しか知らないのだ。屋号はおろか家業すらわからないのである。ともかく波乃としては、相手が打ち明けるのを辛抱強く待つしかなかった。

相談客との最初の接触は、いくら気を付けてもすぎることはないと信吾に言われ、波乃もしみじみと感じていた。相手は自分が悩みを打ち明けるに足る人物かどうか、見極めようとしているからである。

「おや、とんだ勘ちがいをさせてしまったかしら。あたしが嫁のことで困って、相談に来たと思ったのではないの」

「いえ。世間によくあることに、たまたま触れられたのだなと」

玉藻が薄い笑みを浮かべたのは、波乃がなんと答えるかようすを見ていたからかもしれない。波乃の言葉は玉藻の考えていた範囲内だったのか、それともおおきく外れていたのだろうか。

「相談に来る人は、すぐに悩み事を切り出すのでしょう」

「そういう方もいらっしゃいますが、百人百様で、まさにさまざまです。よく似たことで悩まれていても、それぞれの事情で微妙にちがっていますから、切り出し方に影響するのかもしれません。それよりも性格的なことがおおきいのではないでしょうか。実は、とおっしゃるなり、直ちに核心に触れる方もいらっしゃれば、半分、いえ三分の二までが」

「むだ話のこともあるのね」

自分で言っておきながら、玉藻は信じられぬという顔をしている。

「いいえ、決してむだ話ではないのです。悩んでいることを打ち明けるきっかけを探しながら、その周りをさまよっていると言ったほうがいいかもしれません。そういう方が多いようです。あたしと遣り取りをしていて、たまたまどちらかが言った言葉の一つから、あるいは遠くで雷が鳴ったり、先ほどのように庭木で小鳥が啼き交わしたり、天井裏を鼠が走ったりしただけで、それをきっかけに自然に話に入られることもあります。ともかく、そのときになってみないとわからないのです」

「聞いてみるものだわね。あたしは向きあって坐ったら、すぐに悩みを打ち明けるものだとばかり思っていたの」

「玉藻さんは、相談があってお見えでしょうけれど」

波乃の問いに玉藻は合点したようだ。

「なのに、まだなにも話していない。なるほど、そう言うことなのね」

「相談事は物の売り買いのように、すんなり進むことはまずありませんから」

「売り買いにだって駆け引きは付き物だもの。当然と言えば当然だわね」と腑に落ちたようだが、玉藻はすぐになにかを思い付いたらしい。「すると波乃さんは、なかなか切り出せない、いえ、切り出そうとしない相手にはどんな手を使って話させるの」

「決して無理強いはいたしません。そうでなくても悩み事は切り出しにくいはずですから、ひたすら相手の方が話してくれるのを待つしかないと思っています」

「どんな相手に対してもなの」

「はい。……あッ、一度だけですけど、男の子ならうじうじしてないで、なにに悩んでいるか打ち明けなさいと、叱ったことがありました」

「男の子って」

「十歳でしたが、叱られるとは思ってもいなかったのでしょうね。目をまん丸にして驚いていましたけれど、あたしがにこりと笑い掛けると、すらすらと」

「十歳の男の子なら、だれだって遊び惚けているでしょう。そんな子供に、一体どんな悩みがあるのかしら」

「人は何歳であろうと悩みます。そう言うとみなさん驚かれるのですが、自分の子供のころの悩みを、憶えている人はいないようですね。子供は悩みが解決すると、途端に忘れてしまいます。なぜなら、次々と楽しいこと、しなければならないこと、そして悩むことが起きるからです。すんだことを忘れなければ、次に進めないことをなんとなくわかっているのかもしれません」

玉藻が目を閉じたのは、波乃の話した十歳の男の子について、思いを巡らせていたからだろうか。自分の子供、あるいは身近な少年のだれかのことを、思い浮かべていたのかもしれない。

「男の子だからよかったのかもしれません。女の子だときっと、心も口も閉ざしてしまうでしょうから」

自分だとそうするのではないか、と波乃は思ったのである。

目を開けるなり玉藻は言った。

「あたしが今日ここに来たのには、二つの理由があってね。一つは相談した人のこと一切を、悩みは当然として、名前、住まい、家業と屋号、家族のことなどを、ほかに洩らさないと聞いたからなの」

「はい。それを守らなければこの仕事を続けることができませんから、たとえ親子であろうと絶対に話しません」

「親子ですら、それも絶対に、ですか」

「そうなんです。主人は二十歳で『よろず相談屋』を始めましたが、両親と祖母はとても心配したそうです。どんな相手から相談があったのか。二十歳の世間知らずの若者が、ちゃんと相談に応じられたのか。相手の悩みを解決できたのかと、気が気でならなかったのでしょうね。ですからくどいほど、あの手この手を使って聞き出そうとしたそうです。両親は心配のあまり、できれば助言しようと考えたのではないでしょうか」

「ところがご主人、信吾さんは頑として」

「はい。たとえ親子の縁を切られても、話すことはできませんと突っ撥ねたそうです。」

笑いながら話してくれたのですが」と波乃は唐突に目をひん剝いて、芝居掛かった声を出した。「たとえ手斧で背中を断ち割られ、煮え滾った鉛を流しこまれようと、口を割る訳にはまいらないのです」

玉藻は口をおおきく開けたまま目を見開いている。波乃は一瞬で素顔にもどると、玉藻に微笑み掛けた。

「ああ驚いた。波乃さんが目を剝いて啖呵を切るなんて、思いも寄らなかったもの」

「あら、あたしは真似をしただけで、主人の両親に啖呵を切った訳ではありません」

「だけど信吾さんは、それをやったんでしょう。赤の他人のあたしでさえこれほど驚いたのだから、親御さんはさぞや胆を潰されたと思いますよ」

「いっしょになってから、主人が話してくれたのですが」

「びっくりしたでしょうね、波乃さんでも」

玉藻はうっかり言ったのかもしれないが、「でも」のひと言で波乃を普通の女ではないと見ているのが、そんなところにもよく表れていた。

「あたし、噴き出してしまいました。笑い崩れたので、箍が外れてしまったのではないかと主人が心配したくらい」

「波乃さんならではですね。あたしには、逆立ちしたって真似もできない」

「ともかく、そんな一幕がありました。親心さえ受け付けなかったお蔭(かげ)で、相談屋を続けていられます。ただ、絶対に人に洩らさない原則は、守ることができなくなってしまいましたけれど」

「あら、どういうことかしら」

波乃が信吾と夫婦になったとき、一人でも多くの人の悩みを解消できるようにと、「よろず相談屋」を「めおと相談屋」に改めた。夫婦で相談に応じることを、強調したかったからである。そして基本的に男性、女性でもある程度の年齢の客は信吾が、若い女性や子供は波乃が受け持つことにしたのだ。

べつべつに相談を受けることもあれば、いっしょに応じることもある。また相談者から二人に聞いてもらったほうが、より良い解決法が見付けられるかもしれないと言われたこともあった。

相談事は一度会っただけでの解決は稀で、大抵は二度、三度と回を重ねる。すると重要なことや忘れていたことを、不意に思い出すこともあった。またちょっとしたことで事情が変わって、相談者が駆け付けて来たこともあった。

二人で相談に乗ったとき以外は当事者、つまり信吾か波乃がいないと、せっかく解決できる問題が宙に浮いたままになってしまうことになりかねない。だからどちらの客でも対応できるよう、相談事は二人で共有するようにしたのだった。

つまり信吾は波乃に波乃は信吾に、それぞれ自分の客の秘密を話しているのである。

「夫婦は一心同体と言いますから、お二人がそれぞれに打ち明けても、他人に洩らしたことにはならないのではないですか」

「なるほど、物は考えようですね。となれば万全です」

三

「ところで玉藻さんは先ほど、今日こちらにお見えになったのは、二つの理由があるとおっしゃいました。一つは、どんなことがあっても相談なさった方の秘密を守り抜けるかどうか、でしたね。それについてはわかっていただけたようですが、するともう一つは」

言われて玉藻は悪戯っぽく笑った。

「人並外れて勘の鋭い波乃さんのことだから、おわかりじゃないかしら」

「意地悪な言い方はなさらずに、教えてくださいな」

つい友人か知人にでも話すように親しげに言ってしまったが、玉藻は気にもしなかったようだ。

「ある人から、波乃さんが十九歳だと聞いたからですよ」

言われて波乃は、まじまじと玉藻を見ずにいられなかった。

「だって年齢が理由になるなんて、とても」

「考えられないでしょう。だから世の中はおもしろいの」

「ごめんなさい、玉藻さん。おっしゃった意味がよくわからないのですけれど」

「波乃さんが十九歳だと知って、ここへ来たとあたしは言いました」

「はい。おっしゃいました」

「まさにねらいどおりだったのよ。悩みに対する答、つまり解決策を、こちらが訊きもしないうちに、波乃さんが出してくれましたからね」

まさか。まだなにも聞いていないのに、と波乃は混乱せずにいられない。ところが玉藻は、愉快でならぬという顔で言った。

「あたしがここに来た甲斐（かい）は、あったということです。甲斐があったなんてものじゃないわね。ぴたりだったのだから。となると」

玉藻は懐に手を入れていたが、ちいさな紙包みを取り出して波乃のまえに置いた。訳がわからず首を傾げる波乃に玉藻は言った。

「相談料です。話を聞いていただいたお礼ですよ」

それまでは明快にとまでは言わなくても、遣り取りの方向は見えていた。話の流れはごく自然であったのだ。玉藻がやって来たのには二つの理由があって、その一つが守秘の義務だということまでは。それは相談屋の基本中の基本であり、波乃は十分にわかっている、というより胆に銘じていることであった。

二つ目が理解できない。波乃が十九歳だと聞いたからと言ったばかりか、玉藻が訊きもしないのに解決策を出してくれたと言われたのである。どんな悩みでどうしたいのかとの相談も受けていないのに、そんなことができる訳がないではないか。

ついさっきまで、波乃は相談屋として客の玉藻と対等に話していた。いや、そのつもりであった。十歳の男の子に関する話や信吾の啖呵の真似をした辺りでは、優位に立っているとまでは言わなくても、余裕すら感じていたのである。

ところが「波乃さんが十九歳だと聞いたから」と、「だから世の中はおもしろいの」で一気に逆転されてしまった。いや優位に立っていると感じたのは、錯覚でしかなかったのかもしれない。玉藻にそのように思わされていたのではないだろうか。そして相談料と言って置かれたちいさな紙包みで、止めを刺されたのである。

相談客とは常に対等に接しなければならないと、常日頃から波乃は思っている。そして仕事に入るなり、悩みを訴える客とそれに解決法を示す者という、新たな関係が生じることになるのだ。ところが気が付くといつの間にか立場が逆転していたので、波乃は少なからず狼狽(ろうばい)せずにいられなかった。

紙包みに目を遣りながら、波乃は弱々しく首を振った。

「受け取れません。だってあたしは玉藻さんの悩みを解決していないばかりか、まだ相談を受けてもいないのですよ」

「でも波乃さんのお蔭で、あたしの悩みは解決しました。ですから謝礼、いえ相談料をお渡ししたのです。少ないとお思いかもしれませんが、二分入っています。実は結果がどっちに転ぶかわからなかったので、一朱と二分を用意していました。多いほうということは、あたしが満足したからだと受け留めて、お納めくださいな」

玉藻が懐を手で探っていたのは、二分入りを取ろうとしていたからだとわかった。

一両は四分で一分は四朱だから、二分は一両の半分となり、一朱は一両の十六分の一となる。二分は一朱の八倍ということだ。

それが相談料として多いのか少ないのかの判断は難しいが、相談に乗ったという実感のない波乃にすれば多すぎる額であった。なにもしないのにもらう訳にはいかないので、思わず掌(てのひら)を玉藻に突き出してしまう。

「申し訳ないですがこれはいただけません」

「受け取ってもらわねば、あたしの気持が治まらないのはおわかりでしょう」

「相談を受けて解決法を考え、それに対していただくのが相談料です。相談に乗りもしないのに、解決したからと一方的に渡されても、あたしは納得できません」

「十歳の男の子にも悩みはあるけれど、解決したらすっかり忘れてしまう。そういう意味のことを波乃さんはおっしゃった」

「はい」

「それであたしは自分の悩みが解決、いえ、どうすれば解決できるか閃(ひらめ)いたのです。あたしは波乃さんが十九歳の相談屋さんだと聞いて、会わなければと思ったの。すると会って少ししか経(た)っていないのに、解決策が閃いたのよ。あたしの思いが正しかったということでしょう。だからこれは正しくは相談料ではなくて、閃き料ということになりますね。ですから閃きをもとに、あたしなりに解決してみようと思います。そしてなにもかも解決したら、ちゃんとお礼をしますから、今はそれだけで勘弁してくださいな」

「勘弁もなにも」と言ってから、波乃は力なく続けた。「そこまでおっしゃるなら、わかりましたと答えるしかありませんけれど」

「ありがとう、波乃さん。今日はいい齢をした女が押し掛けて、訳のわからないことを次々と繰り出したものだから、呆れてしまわれたでしょうね。普段ちゃんと筋道立った考え方をされている波乃さんは、頭の中がぐちゃぐちゃになったかもしれません。だけど波乃さんのことだから、すぐに笑ってすませられるようになりますよ」

「だといいのですが」

「波乃さんはお舅さんとお姑さん、だけでなくご自身のご両親とも、丁度いい頃合いの距離を置いておられると思うの」

「そうでしょうか。ただ適度かどうかわかりませんけれど、玉藻さんに言われて気付いたのですが、一定の距離を取っていたのかもしれませんね」

「だからかしら、お姑さんも文句の付けようがないとあたしが感じたのは」

玉藻がなぜおなじ言葉を繰り返しただけでなく、「だからかしら」と付け加えたのか波乃はわからない。それよりも自分が言った「一定の距離」について、波乃は考えずにいられなかった。これまで気にしなかったし、考えたこともなかったのに、である。

ふと自分の声を聞いたような気がして、波乃はそれを口に出しそうになった。しかし、すんでのところで呑みこむことができた。

玉藻は波乃が自分の父母や義父母、つまり信吾の両親と頃合いの距離を置いているので、とてもうまくいっていると言った。ともかく姑、つまり信吾の母繁は文句を付けようがないだろうと、好意的に言ってくれたのだ。

もしかするとそれは自分の不安のためかもしれない、というのが、波乃が口にしそうになった思いである。しかし今はそれについて考えたり、玉藻に話すべきではないと判断した。

目的を果たしたので用はすんだとの気配を玉藻が示したので、波乃は自然な形で対話を切りあげることができた。

「玉藻さんと知りあえただけでなく、話を聞かせていただいて本当に楽しかったです。それとあたしが話したことが閃きとなって、問題を解決できそうだとのことで、これほどうれしいことはありません」

「ねッ、こういうことがあるから、世の中はおもしろいのよ」

よほど気に入ったのか、おなじ言葉を繰り返して、玉藻は満足のうちに帰って行った。波乃に何度も頭をさげてから、小走りで下女が女主人のあとを追う。

四

肩透かしを喰(く)ったというほどではないものの、なんとなくもやもやしたものが胸の裡(うち)に残ったのを、波乃はどうすることもできなかった。

玉藻を送り出してほどなく、七ツ（四時）の時の鐘が鳴った。将棋客たちが帰り、将棋盤と駒を拭(ふ)き浄(きよ)めた信吾と小僧の常吉が、庭で武芸の鍛錬を始める時刻である。

腹を空(す)かしているだろう二人のために、波乃は夕餉(ゆうげ)の支度を始めた。すると、義母と距離を置いているように玉藻が思ったのは、自分が不安だからではないだろうかとの先刻の思いが蘇(よみがえ)った。

だがなにが、そしてなぜ不安なのだろう。

両親と義父母は波乃にとって、信吾とおなじくらい親しい人たちである。であればそれこそなぜ、なにを不安がっているのだろうか。いや、それを不安がること自体がおかしいのだ。

いかに親しい人であったとしても、適度な距離を置くことが、人と人の関係ではいかに重要であるかということではないだろうか。

なぜか。

密着し近付きすぎると、相手の一部しか見えない。全体を見ることができなくなるのだ。ありのままの姿を見なくして、どうして対等な関係が得られるだろうか。人が人に対するには、距離を置きすぎても接しすぎてもいけないのである。

それは相談客と相談屋の関係にも、当て嵌まるはずであった。

信吾は常日頃、相談屋が客の悩みを解決できるのは一割程度だと言っている。仕事に不慣れで要領も悪かったころはそうだったかもしれないが、知識と経験を身に付けた今では三割、悪くても二割は切らないというのが波乃の実感であった。信吾が一割だと拘るのは、慢心しないように自分を戒めているためにちがいない。

波乃は相談を受けて解決できたときと、うまくいかなかったときのことを思い出してみた。するとやはり距離の問題が浮上したのだ。

相手は訴え、こちらもなんとか訊き出そうとするのだが、それが歯痒(はがゆ)いほど嚙(か)みあわないことがある。自分の力不足もあるのだろうが、どうしても問題の本質に近付けないのだ。距離を狭められないのだから、問題を解決できないのは当然かもしれなかった。

逆もある。

以前に扱った相談に似ていたり、人に聞いたことがあったり、書物で読んでいたりという場合だ。あまり苦労せずに解決できるとの自信を持って取り掛かったのに、いざ始めてみると次第に縺(もつ)れて、どうにも解けなくなってしまう。

あとで振り返ってみると、それほど豊かとはいえない波乃の知識と経験が邪魔をしていたからだとわかった。それに引きずられて、相談客の悩みの本質と距離が取れなかったためだと気付いたのだ。部分ばかり見て、部分が見えすぎて、あるいは見えた気がして、全体を見失っていたのである。

であれば適度な距離を保って常に全体を見失わぬようにすれば、これまで以上に相談客の悩みを解決できるのではないだろうか。もしかすると遥(はる)か遠くにあると思っていた五割の解決も、決して夢ではないかもしれない。「すべてを解決できるのは神さまだけだろうけど、できれば半分、五割に到達したいものだね」と、信吾が夢見るように言ったことがある。それが夢でなくなるかもしれないのだ。

となると目標は五割。

目のまえ一面に立ち籠めていた靄が一気に晴れて鮮やかな景色が出現し、大川の川面で陽光がきらきらと反射したことがある。そのときとおなじくらい爽快な気分であった。

玉藻との遣り取りで相手が晴れやかな顔になったのに、波乃はもやもやとした気分をどうすることもできないでいた。それが嘘のように消え去った。まるで玉藻が拭い去ってくれたような気になったのだから、人とは自分勝手な生き物だと言うしかない。

「わ、わ、わッ、すごーい。夜なのに魚がおかずだなんて、なにかいいことがあったのですか」

「常吉がよくやってくれると旦那さまがおっしゃっていたから、たまにはご褒美をと思ったの。鯖の味噌煮は好きでしょう」

「はい。一に鯖味噌、二に鯖味噌、三、四がなくて五に鯖味噌。朝昼晩と毎日、三度三度鯖味噌でもかまいません」

将棋客や子供客があれこれ言うのを聞くからだろう、常吉は大袈裟な言い方で笑わせることを憶えたようだ。

「あら、常吉の好物は波の上じゃなかったかしら」

信吾が特別に鰻重の中を食べさせたことがある。中は「上中並」の並の上だから

「波の上」と洒落ているのだと教えると、それからは店屋物を取っていいと言うと、かならず「だったら波の上」と言うようになった。

「波の上は別格です。まてよ、ご褒美をとおっしゃったのですよね。ご褒美だったら波の上でなきゃ」

「馬鹿おっしゃい」

言いながら波乃はつい笑ってしまった。

「いただっきまーす」

食事の挨拶がいつもの何倍もおおきい。

町家ではご飯を炊くのは日に一度で、大抵は朝であった。味噌汁と漬物、おかずが一品付いている。昼と夜はお茶漬けか冷や飯で、味噌汁と漬物というのが普通だ。残り物や佃煮などが付けばいいほうであった。

信吾は腹の子のためだろうと思ったようで、微笑を浮かべている。

鰻重の中が名の由来となった番犬「波の上」の、餌を入れた皿を持って常吉が将棋会所にもどると、信吾と波乃は表座敷の八畳間に移って茶を呑んだ。

「昼間、お客さんだったようだね」

「玉藻さんとおっしゃる母くらいの齢の方が、あたしを名指しで相談に見えたので驚きました」

「波乃先生の名も、普く世間に知られるようになった、ということだな」

うまく解決できたので鯖の味噌煮か、と信吾は思ったのかもしれない。

「あたしが少し話しただけで解決法を思い付いたと、玉藻さんが相談料を二分くださったの」

ということから始めて、波乃は玉藻との一部始終を、自分の気持の紆余曲折も交えて話したのだった。

「解決したらちゃんとお礼をしますから、とおっしゃったのですけれど」

「それは楽しみだ。となれば待つとしましょう」と、信吾が先輩の相談屋らしく厳かに言った。「待つことこそ、相談屋の重要な仕事なのだから」

「なんだか、まるで期待していないみたいですね」

「そんなことありませんよ。連絡を楽しみに待とうではないですか」

「ご本心かしら。なんだか、どことなく投げ遣りな感じだわ」

「波乃が解決法を示して、それを玉藻さんが試すならこんな楽しみはないけれど、閃いたと言うだけで、しかも波乃に心当たりがないのだから、となればあれこれ考えても仕方がない。待てば海路の日和ありと言うから、楽しみにして待とうじゃないか」

「そういうことですね。当てにしないで待ちましょう」

五

ところが母屋に玉藻が訪れた五日後に、その本人に招待されたのである。二人揃って
との条件付きで、信吾と波乃は浅草広小路に面した東仲町の宮戸屋に招かれた。宮戸
屋は信吾の両親が営む、会席と即席の料理屋である。
「家内だけでなく、てまえまでお招きいただき、恐縮でございます」
信吾の挨拶に、玉藻は零れんばかりの笑みを浮かべた。
「波乃さんにお会いして、ともかく楽しくてならなかったものですからね。これだけの
人がご亭主に選ぶのだから、……あら、逆だったかしら。いずれにせよ、信吾さんも並
の人ではないはずだと思ったのですよ。あたしの勘はまず外れたことがないの」
「なんだかご期待を裏切りそうですね」
「堅苦しくなさらず、どうかお気楽に、普段のままでくつろいでくださいな。なんとし
てもお二人に、先日のお礼をしたかったものですから」
言っているところに女将の繁と仲居が、酒肴を運んで三人のまえに並べ始めた。
落ち着いて話せるようにと、坪庭に面した離れ座敷に席が設けられていた。玉藻の供
は、最初の日とおなじ十代と思われる下女であった。

主人が客と会食中、供の者は控えの間で食事をして、主人が帰るまで待つことになる。その日は控えの間も埋まっていたらしく、下女はおなじ座敷の隅の壁際でひっそりと食べることになった。

会席料理は通常は多人数なため、材料の手配があるので予約制となっている。「三人ならなんとでもなるとのことなので、女将にお任せしました」と玉藻は言った。席に着いて程なく酒と肴が供されたのは、そういう事情があったからだ。となると玉藻は馴染み客で、おそらく母の繁とも親しいのではないだろうか。とすれば信吾が宮戸屋の長男だと知っているはずだが、それには触れなかった。

「お二人は、落語なんてお聴きにならないかしら」

玉藻に問われて波乃が答えた。

「あたしは聴いたことがありますという程度ですけれど、信吾さんは毎日のように通った時期があったのでしょう」

「通ったと言っても、若いころですけど」

玉藻がおかしくてならないというふうに、手の甲で口許を押さえた。

「あら、いつのことでしょう。今だって十分にお若いではないですか」

「もっと若かった十代のころは」と言って、信吾は苦笑した。「五十歩百歩ですね。若僧であることに変わりはありませんが、幼馴染たちとよく聴きに行きました。相談屋を始めてからは、いつお客さまがお見えになるかわかりませんので」

「空けることができないのですね。寄席には夜席もありますよ」

「相談にお見えの方は夜のほうが多い、というよりほとんどが夜でしてね。大抵の方が昼間は仕事をなさっていますし、それよりも、相談していることを知られたくないらしくて、陽が落ちてからそっとお見えになります」

「夜、人目を忍んでとなると、質屋さん通いとおなじ気持なのかしら」

「ということは、玉藻さんは質屋をご存じなのですか。とてもご縁があるようには思えませんけれど」

「あら、知っていますよ。あたしだって通いましたからね。もっとも娘時代ですから、十年も昔のことになりましょうか」

さり気なく玉藻は惚けたが、それにしても鯖を読んだものだ。

「相談に関しては、都合の付けにくい人のために伝言箱を設けていましてね。伝言で呼び出されることもけっこうありますけれど、そちらもほとんどが夜になります。昼間は将棋会所に詰めておりますので、昼席を聴くことはできなくなりました」

「ごめんなさい。あたしが言いたかったのは、落語の枕のことでしたの」

「噺家さんが前置きのように語る、あの枕でしょうか」

「そうなの、波乃さん。このまえ解決策の閃きを得られたと言ったでしょう。あれで悩みのケリが付きましたから、そこまでが枕。そのお礼にご馳走したいと、お二人に来ていただいたので、こちらが本題となります。楽しくお話をしながら、ひとときがすごせたらと思いましてね」

「玉藻さんにお訊きしたいのですが、実はずっと気になったままでしたので。あのとき、あたしが十九歳だから会いに来られたとおっしゃいましたが、意味がよくわかりませんでした」

「枕と十九歳は関係があってと言うか、絡んでいるの。さて、どこから話したらいいでしょうね。それより、まずお料理をいただきましょう」

うながされて信吾と波乃は箸を取った。玉藻がまず料理をと言ったのは、食べながらどう話すかを整理したかったのかもしれない。

鮟鱇肝の雪囲いや鶉の山椒焼きなど、出されたのは味だけでなく見た目でも賞味できる品々であった。信吾は箸を伸ばしながら波乃を見たが、どうやらツワリに影響はなさそうで安心した。

「波乃さんが十九歳だと知って、あたしが会わなければと思ったのは」と、玉藻が口を切った。「あとになって気付いたのだけれど、あなたが話した十歳の男の子の話とおなじような意味あいだったの」

「それで閃いたとおっしゃったのですね」

「この齢になると気付かぬうちに、心が苔で蔽われたみたいになってしまうことがあるのよ。あたしはたまたま気付いたのだけれど、気付かないというより、そんなこと思いもしない人が、ほとんどではないかしら」

　玉藻によると、こういうことであった。

　人の生には静かでおだやかな時期もあれば、大波や暴風でたいへんな思いを味わわねばならぬこともある。生きていると成功も失敗もあって、そこで得た知識や経験が以後に役立つことは多い。ところが知識や経験を活かすことを繰り返しているうちに、どうしてもそれに頼って寄り掛かってしまうようになる。するとそれ以外の可能性に目がいかなくなるし、見えなくなってしまう。つまりは、自分の知識と経験に縛られて、見える範囲が狭くなってしまうのだ。

「波乃さんはおもしろいことを言ったわね。男の子は悩みが解決した途端に忘れてしまう。そうしないと、次々に起こるできごとに対し切れないからだって」

「はい。そうとしか思えなかったのです」

「あたしは心に黴が生えてしまってね。少しちがう言い方をすると、心が苔で蔽われたようだって、そんな気でいたの。すると心が見えなくなるでしょう」

「そうかもしれませんね」

「あたしは十九歳の波乃さんなら黴を吹き飛ばし、苔を剝ぎ取ってくれると期待したのよ。なぜなら黴や苔が生じるまえの、まっさらな心のままだから。自分の齢の半分にもならない、息子より下で、息子の嫁と変わらぬ波乃さんと話したら、思いもしないようなことに気付くかもしれない。なにか、とんでもない発見があるかもしれないと思ったのだけど」

　なるほどそういうことだったのかとわかりはしたが、波乃はどことなくしっくりこなかった。だとすれば、なぜ嫁と話さないのだろう。どうやら話せない、あるいは話しにくい事情があるようだ。

「それに見事に応えてくれましてね、波乃さんは」

　玉藻は男の子にも悩みはあるが、解決する途端に忘れてしまう。そうしなければ次に進めないからだと、言ったばかりのことを繰り返した。

「それはこういうことだと思ったの。男の子は解決するたびに、自分の心を白紙にもどしていたのよ。だから次に進めたのね。だったらあたしも、白紙にもどして次に進めばいいじゃないか、って」

「わかったような、わからぬような」

　波乃がそう言うと、玉藻は愉快でならないらしく、まるで弾(はじ)けるように笑った。

「このまえは気に入っただけだったかもしれないけれど、今日はすっかり好きになってしまいました。波乃さんの良いところは、すなおさと正直さですね。それも底なしと言

「自分でも馬鹿正直だなと感じることは、しょっちゅうありますけれど」

うか、底抜けの」

六

「息子と嫁のことで、どうしたらよかんべえと思い悩んでいたんだけどね、あんとき」

わざとのように田舎言葉を交えたが、それは照れもあったからではないだろうか。波乃は玉藻が本当は、前回もちらりと触れた息子と嫁のことを話したいのに、踏ん切りが付かなかったのだとわかった。

「波乃さんと話していて、吹っ切れたの」

微妙なところに差し掛かったのはわかるが、波乃にはもどかしさが消えた訳ではない。どうやら玉藻は嫁と話し辛いか話せないかして、齢があまりちがわない波乃と話そうと思ったのではないだろうか。

「嫁と姑となると、互いがいくら相手にあわせようとしても、どうしても喰いちがうことはあるものなの。そういうことがたび重なれば、いがみあうとまではいかなくても、反発しあうようになるのが普通でしょ。でなきゃ壁を作るか距離を取るかして、自分からは近付こうとしないし、相手を近付けもしない。一度ぎくしゃくし始めると、なかなか元にもどせないようね」

玉藻の謂わんとしていることは、よく似たことを耳にしているのでわからなくはない。

「そのようにおっしゃる方も、いらっしゃいますね」

戸惑いながら言った波乃を見て、玉藻は掌で額を打った。

「いけない。波乃さんは例外だったんだ」

「いえ。なにも特別ではなくて、ごくありふれた」

どうやらそれは、玉藻の耳には入らなかったらしい。

「あたしゃ、なに頓珍漢なことを言っているんだろう。波乃さんがお姑さんやご両親と丁度いい間合いを取っていると、自分から言っておきながらだから笑ってしまう。とすりゃ、世間一般のことが波乃さんに当て嵌まる訳がないじゃないの。ね、そういうことでしょう」

「ちょっと待ってくださいませんか」

波乃が思わずそう言ったのは、玉藻の語った断片の数々が、次第に凝縮して形を成したように思えたからだ。

「なるほど、そういうことなのですね」

と言いはしたが、明確な形ではなく、まだまだ曖昧模糊としたものでしかない。しかし少しまえの靄か霞かという状態から較べると、遥かに明確な姿になろうとしていた。

下を向いて考えを纏めていた波乃は、顔をあげて玉藻にうなずいた。

「わかった。わかりました」

そう言うと信吾にもうなずいて見せたが、信吾には訳がわからない。二人の女性の感覚が生んだ言葉の断片から、それを形に纏めるのは容易なことではないはずだ。信吾は天を仰いで考えを纏めようとしたようだが、諦めたらしく首を振った。

ここまで来れば、じたばたしても始まらないと波乃は腹を括った。相談を解決できるのは一割だと信吾は言っている。であれば失敗しても、次に繋げることができればそれでいいではないか。五割の解決を、と新たな目標を定めたばかりではあるけれど。

えい、ままよ、ここまで来たら引きさがる訳にいかないのだ。波乃はしっかりと息を吸ってから言った。

「息子さんもお嫁さんも、歯向かったり口答えしたりすることがなく、玉藻さんのおっしゃることに決して首を横に振らないので、あまりの歯応えのなさに、却って不安になられたのではないですか」

玉藻はまん丸な目をして波乃を凝視した。

「さすが波乃さんだ。あんたならわかってくれるとは思っていたけどね」

「だとしたら、玉藻さんとしては手を打つしかありませんね」

「そうなの。親馬鹿と笑われるのは承知だけど、どこへ出しても恥ずかしくない自慢の息子でね。取引先から、同業から、親類縁者から、あちこちから、それこそ降るような縁談があったのよ」

まさに親馬鹿と言うしかないが、玉藻はそれまでからは考えられぬほど口早に、まるで突っ掛かるように喋った。いくらでも続きそうな気がしたので、波乃は思わず両手を挙げて制した。

「だけど玉藻さんは、息子さんの選んだ相手に決められたのでしょう」

「そうなのよ。さすがわが息子、よくぞこれだけの相手を見付けたものだと、改めて見直したほど、非の打ち所がない娘さんなの。まるで波乃さんのような」

ぷふッと思わず信吾が笑いを洩らしたので、玉藻はうれしそうな顔になり、波乃は苦笑しつつ軽く睨んだ。

「あたしは半年のあいだはね、どんなことがあろうと、ただ黙って息子と嫁を、新太郎とアラタを見ていようと決めたの」

そこに至って初めて、玉藻は息子の名が新太郎、嫁がアラタだと打ち明けたのである。息子と嫁の名を出したということは、ちゃんと話す気でいるということだ。それにしてもアラタとは女性には珍しい名で、波乃はそれまで耳にしたことがなかった。

「なにがあっても、なにを言ってもね。最初からこちらの考えていることをまともに伝えると、押し付けられているように感じていい印象を持たなかったり、自分を鎧ってしまう人がいます。だけど半年も放り出しておけば、大抵の人は本性を出すものなのよ」

味方になってくれると頼もしいが、敵に廻すと厄介な存在だなと感じたが、波乃は玉藻からもう少し本音を引き出したかった。

「ところがアラタさんは、本性を出さなかったというか、まるで変わるところがなかったのですね」

「そう、そうなのよ」

「だから、玉藻さんはおっしゃった」

「いえ、あたしはそれほどすなおでも正直でもありません。もう半年だけようすを見ることにしたの」

となると、なんらかの理由があるにちがいない。波乃は玉藻からそれまでとはちがう印象を受けたので、いくらか慎重な言い方になった。

「しかし一年待っても、やはり変わらなかったのではないですか」

「ということなのよ」

「でしたら玉藻さんが悩むことは、ないではありませんか。今どき、そんなお嫁さんはいませんよ」

「だから困ってるんじゃない」

なぜ困るのだろうと、波乃はまじまじと玉藻を見てしまった。

「悪けりゃ論外でしょうけど、良すぎて困るとなると、いいお嫁さんて一体なんなんでしょうね。だけど玉藻さんが満足できる訳がないのは、わかるような気がしないでもないですけど」

「でしょう。だから言ってやったのよ。親と子、姑と嫁のあいだではそれでもいいと思います。しかし世間でそれは通じませんよって。おだやかに他人の意見に耳を傾けることは大事です。だけど自分の考えや信念とちがった場合には、受け容れずにちゃんと伝えなければならないの。二人があたしの気を損ねてはならないと、随分と気を遣ってくれているのはわかるし、とてもありがたいと思っています。だけど世間、取引先や同業、知りあいに対してもそれでは、ちゃんと扱ってもらえません。一段も二段も低く見られてしまうの。だから世間にちゃんと向きあえるように、まずはあたしに対して、遠慮はいりませんから、自分の、自分たちの気持や考えていることを、正直に出しなさい。あたしの言うことがわからないのであれば、これからその都度きちんと伝えますからねって」

となると玉藻は波乃と語らったあとで、折を見て話したということになる。

「二人とも、息子さんもお嫁さんもびっくりされたのではないですか」

「だろうね。一年間、文句ひとつ言わずに黙って見ていた姑がいきなり牙を剝いた、というほどではなくても、自分たちの在り方はまちがっているのではないかと言ったに等しいのだから。さぞ驚いたと思いますよ」

「玉藻さんが意見をされたことで、息子さんとお嫁さんじゃなかった、新太郎さんとアラタさんは変わられたのではないですか」

「変わってくれると思うけどね。変わってもらいたいね。変わってくれなきゃ」

話したばかりなので、まだ結果は出ておらず、それがわかるのはもっと先になってからということだろう。それにしても新太郎とアラタにとっては、さぞや青天の霹靂（へきれき）だったにちがいない。

波乃は思わず腹に手を当てた。母になること、母であることは、実にたいへんなことなのだと、改めて気付かされたのであった。

「あたしゃ、新太郎もアラタも変わってくれると信じているよ」

「あたしもです」

「変わらなければ、打つ手は考えているけどね」

「あら、ぜひとも伺いたいですわ」

「あたしの知りあいに、ちょっとすごい人がいてねと話すつもりなの」

「でしたらそのまえに、あたしに話してくださいよ」

「なんとも変わった人でね。まさに摩訶不思議（まかふしぎ）としか言いようのない人なのよってね」

玉藻の悪戯っぽい表情から、なにを言おうとしているのかがわかったので、波乃はすまし顔で調子をあわせた。

「そんなに変わった人なのですか」

「そうなの。あなたも本人に会ったら、さぞやびっくりするでしょう。浴衣を着たまま行水をしていて、本人はそれをなんとも思っていない。もしかしたら気付いてもいない、そんな人なのよ。名前を波乃さんと言うのだけれど」

波乃と信吾が同時に噴き出して、それからは話が盛りあがり、止め処なく笑いが弾けた。

どれほど経っただろう。弾みに弾んだ話が中断したのは、ゴトリとおおきな音がしたからである。居眠りをしていた下女がうっかり、壁に頭をぶつけたからだとわかった。

町々の木戸番が木戸を閉めるにはまだ十分間があったが、そのまえに信吾と波乃は玉藻と下女を帰すことにした。宮戸屋の手代に頼んで町駕籠を呼んでもらい、あるじや女将、仲居たちとともに送り出したのである。

七

入って来た若い女は波乃に会釈するなり障子戸を閉めたが、そのとき素早く背後をたしかめたようであった。相談屋を訪ねたことを知られたくないというより、供の女中なり下男なりを撒いたのではないだろうか。

改めて波乃にお辞儀をしたが、駆けて来たためだろう頬や額が火照っており、息を弾ませ胸を上下させている。

「相談屋の波乃さん、……ですね」

「はい。波乃でございます」

「ああ、よかった」

安堵したのだろう、相手は無邪気と言えるほどの笑顔になった。

「ともかくおあがりなさいな。もしだれかがなにか言ってきても、ここにはだれも来なかったことにしておきますから、安心してもらっていいですよ」

十代の半ばすぎのようだが、丸髷を結っているので人妻だとわかる。縞縮緬の外出着に紺の博多帯、そして下駄履きであった。

念のために下駄を片付けてから八畳の表座敷に通し、座布団を出して坐ってもらった。体の横にちいさな手提げ袋を置いたところを見ると、ちょっとした外出中らしく、となればあまり長居はできないかもしれない。

「アラタと申します。どうかよろしくお願いいたします」

まさかと思ったが、まずまちがいはないだろう。玉藻の息子の嫁と同名が、二人もいるとは考えられないからだ。もっとも万が一ということもあるので、決め付けることはしないでおいた。

ただ、たいへんなことになったとの思いは、どうすることもできなかった。新たな問題が生じたのである。

波乃はどんなことがあっても玉藻に相談を受けたことを、アラタに洩らしてはならなかった。そんなことになれば相談屋に対する信頼が、一瞬にして瓦解してしまう。たとえ嫁と姑であっても、いやだからこそなんとしても守らなければならないのである。

そしてこのあと玉藻に会うことがあれば、アラタのことを洩らしてはならないということでもあった。洩らしてならぬのは当然として、玉藻にもアラタにも、微塵も気付かれてはならないのだ。

それは波乃が二重の枷に、雁字搦めになったことを意味した。それだけではない。アラタの悩みには相談屋として、ちゃんと対処しなければならないのである。

「あたしは波乃、……おっと、なにを言っているのでしょう。だからアラタさんは、訪ねて見えたのですものね」

笑わせて気分を解そうとしたが、息を弾ませて駆けこんだくらいだから、とてもそんな余裕はないにちがいない。相手はじっと見たまま言った。

「こちらでは、どんな相談にも乗っていただけるのでしょうか」

「いいえ、応じられない場合もありますが、まず相談をお聞きしましょう」

ごくおだやかに言ったが、相手の緊張は解けなかった。

「応じられない場合、と申されますと」

金の融通、素行調査、そして人を不幸にする相談だと言って、最後に関しては意味がわからないかもしれないと思い、波乃は説明を付け足した。その人の悩みを解消することで、ほかの人が不幸になるとか窮地に立たされるような相談は受け付けず、わかれば途中で打ち切ることもある、と。

説明を聞いて安堵したらしく、アラタの表情が明るくなった。

「波乃さんはたしか十九歳だと伺いました。おなじ十九歳であれば、もしかすればあたしの悩みをわかってもらえるかもしれないと、迷いに迷った末にこちらに」

せいぜい十六歳か十七歳で、十八歳にはなっていないと思っていた波乃は、自分とおなじ十九歳とわかり、正直なところ驚かずにいられなかった。

「実は義理の母とのことなのですが、ここ数日で、あたしだけでなくあたしたち夫婦に対する接し方が変わりまして」

「お姑さんとのことでは、多くの方が悩まれているようですね」

よくあることですよとの意味で言ったのは、相手が話しやすくするためであった。その効果はあったようだ。

「夫婦になるにはいろいろと事情がありましたので、困り事が起きても、あたしは両親を含め周りの人に相談できないのです」

周囲の反対を押し切って、いっしょになったということのようだ。そのため相談屋の波乃を頼ったのだろう。

名前はアラタだとわかったが、多くの相談客がそうであるように、住まいも家の商売もわからない。だが相手が言わなければ、悩みの解消に必要でないかぎり波乃は訊かないことにしている。

年頃になると嫁入り話が持ちあがったが、アラタはまだ早いと断っていた。実は密かに心に決めた若者に、気持を打ち明けられていたのである。いや、それとなくほのめかされただけかもしれないが、娘心はそれをしかと受け止めたのだ。しかし両親をはじめ周囲が認めそうにないので、相当に難しいだろうとは思っていた。

ある日、縁談が持ちこまれたが断ろうと思うと父が言った。横にいた母と兄夫婦がうなずいたので、両親や兄たちが話しあっての上でのことだとわかる。

念のために名前を聞いて、心の臓が口から飛び出すのではないかと思うくらいアラタは驚いた。浅草並木町の老舗海苔屋「高島屋鴻右衛門」、つまり意中の若者の親が営む見世の名であったからだ。

浅草名物の干海苔は、古くは土地の人が宮戸川と呼ぶ大川で採ってつくっていた。今は品川から生海苔を取り寄せて製している。

高島屋の名を耳にするなり、アラタはちいさく叫んでいた。

「だめ。断らないで」

意中の若者の親が人をあいだに置いて申し入れてきたとわかれば、なぜに断ることができよう。アラタは断固として首を横に振った。

「でも向こうさんは母一人息子一人だから、アラタが苦労するのは目に見えているもの」

退(ひ)こうとしない母に兄も同意した。

「娘が不幸になるのがわかっていながら、嫁にやる親がどこの世界におりますか」

「だってお見合いもしないで断るなんて、相手さんに対して失礼じゃないですか。それに不幸になるのがわかっているなんて、いくら兄さんでもあんまりだわ」

だが父親はおおきく首を振った。

「それはアラタ、屁理屈(へりくつ)というものじゃないのか。だってまだ早いの、あの町は好きになれないの、商いが気に入らないのと、なにかと理由を付けて散々ごねていただろうに」

「でもあたしもいい齢になったし、いつまでも断り続けていたら声が掛からなくなります。父さんと母さんは、それに兄さんたちも、あたしが行かず後家になってもかまわないの」

「いい訳ないが、苦労するのがわかっているだけになあ」

「ご亭主を亡くされて十年以上一人で、産んでからだと二十年あまりも育てて来た息子さんですからね」と、母は兄より具体的なことを言う。「そこに嫁が来ると、母親は大事な息子を取られると思うそうよ。いくら産んで育てたと言っても、若い嫁には敵わないのは自分でもよくわかっているからね。それが悔しくてならないから、どうしても苛めることになるの。そりゃ陰湿なものらしいわ。しかも周囲のだれにもわからぬように、苛め抜くそうだからね」

「そりゃ、そういうお姑さんもいるかもしれないけれど、だれもが『舌切り雀』のお婆さんみたいな、意地悪な人ばかりとはかぎらないでしょう」

それでも両親と兄夫婦は、あれこれと理由を挙げて反対し続けた。

ところが先方の息子がどうしてもアラタを嫁にと言い、仲人を通じてその母親から何度も請われては、それでも断るとは言いにくい。しかも娘はなんとしても、若者と夫婦になりたいと思っているのである。

頑固さで両親は娘に勝てなかった。

夢が叶っていっしょになることに決まったが、祝言に至るまでにも、アラタはどれだけの人にあれこれ言われたかしれなかった。しかもだれの言うことも決まっている。嫁ぎ先が母一人息子一人なので、いくら気を付けてもしすぎることはないと、口を酸っぱくして言い募ったのだ。

　ともかく我慢するのだよ。母親だから口答えはできないけど、ご亭主にとっては女房のほうが大事なのだから。いくら苛められても耐え抜くのだよ。姑は次第に齢を取って、口は達者でも体は思うようにならなくなる。子供でもできてごらんよ、立場はたちまち逆転するからね。それにあの姑に耐えているのだから、よほどできた嫁にちがいないと、周りの見る目も変わってくるというものさ。

　などと言われたが、アラタもある程度は承知している。だから姑の気に障るようなことは、絶対に言うまいと心に決めた。自分を殺して、ともかく耐えられるだけは耐えよう。この人と生涯連れ添うためには、できぬことはないと、悲壮な覚悟で乗りこんだのである。

　ところが拍子抜けした。鬼が出るか蛇が出るかと思っていたのに、現れたのは福の神とまでは言わないが、穏やかな婦人であったからだ。

　アラタは言葉遣いから仕種、表情にまで神経を遣い、姑が不愉快な思いをしないように、嫌われないようにと細心の注意を払った。取引先や同業だけでなく、奉公人から棒手振りの小商人に対してさえ気を遣ったのである。

　そんな嫁に満足したのか、姑は常に笑みを浮かべて接してくれた。叱責どころか皮肉ることとすらしない。わからないことを問えば、きちんと教えてくれた。多くの人に脅されてきたことからすれば考えられぬほど、ものわかりのいいやさしい姑であったのだ。

それでも心の奥に植え付けられた不安は、いつまでも根強く残った。つまりようすを見ているのではないか、との思いをどうすることもできなかったのだ。そ知らぬ顔をして、決定的な過ちを犯すのを待っているはずだ、との疑いである。

嫁いで半年が経っても、咎められるどころか、注意されたことも皮肉られたこともない。アラタに対する周りの評価も、日ごとに高まってゆく。そして一年がすぎたが、嫁姑の関係は良好であった。

「ところがつい先日ですけど、突然、思ってもいなかったことを、それもいつも以上におだやかに言われたのです」

「一年間の努力がなにもかも打ち消されるとか、裏返しになるような、とんでもないことを言われたのですね」

「いえ、そうではないのですが」

そう言ったきり、アラタは口を噤んでしまった。こういうときに迂闊に口を挟んではならないのは、これまでの相談客との対応でわかっていた。だから波乃は根気強く待つことにした。

「あたしはほぼ認めていただいていたかもしれませんが、肝腎のところを認められていなかったのだと思いました。だってこう言われましたから」とおおきく息を吸ってから、アラタは続けた。「親と子、姑と嫁のあいだではそれでもいいと思います。しかし世間ではそれは通じません。おだやかに他人の意見に耳を傾けることは大事です。だけど自分の考えや信念とちがった場合には、受け容れずにちゃんと伝えなければならないのです」

それは玉藻が、息子夫婦に語ったと言ったそのままであった。

八

やはりそうだった。アラタは玉藻の息子新太郎の嫁、その人だったのである。

玉藻の台詞(せりふ)「だから世の中はおもしろい」が頭に浮かんだのは、それが波乃の正直な思いでもあったからにちがいない。

「波乃さん、波乃さん。どうなされました」

その声で波乃はわれに返った。同時に、自分は相談屋ではないか、との思いが一気に頭と心を占めたのである。

「ごめんなさい。アラタさんがこのあとどうするのが一番いいか、それについて考えていたの」

苦しい言い訳だが半分は本心でもあった。

アラタに関してはおおよそのことはわかったが、それがどういう悩みに繋がっているのか、まずそれを知らなくてはならない。枷を嵌められながらだから困難なのはわかっているが、波乃には強みもある。それはアラタの悩みのもととなっているだろう玉藻から、ある程度のことを聞いているからであった。二人が話したこととその内容について、アラタはまるで知らないのだ。

「あたしはアラタさんもお姑さんも、真っ当だと思います。お二人とも自分の考えていることを、ちゃんと通していますからね」

「でもあたしは自分の在り方というか、あたしそのものがまちがっているのではないかと、そう言われたのですよ」

「あたしはそうは思いません。お姑さんはアラタさんをほぼ認めていると思います」

「そうでしょうか。それにほぼということは、大筋ではということであって、すべてではないのでしょう。どこかに微妙なずれがある、ということですね」

「そのことを考えるまえに、少し整理してみませんか」

波乃はゆっくりと話し掛けたが、自分の声が女としては低めなのを知っている。そして低めの声で静かに話すと、相手が安心するらしいこともわかっていた。アラタは真剣な目をして、微(かす)かにうなずいた。

そのとき声がした。

「ごめんくださいい。失礼します」

中年らしい女の声にアラタの顔が引き攣ったので、波乃はお供の女中が来たのだとわかった。腰を浮かせかけたアラタを、両肩に手を当てて静かに坐り直させると、波乃は微笑んで安心させ、静かに八畳間を出た。

「はーい」と応じながら出ると、硬い顔をした三十代半ばと思える女が、気が急いているのだろう、ちいさく足踏みをしている。案の定、女主人とはぐれてしまい、泡を喰って探したが見当たらない。そこで軒並み訊いて廻っているということであった。

波乃は女主人の名前、年齢や背丈、着ている物や履物を訊き、もしも訪ねて来るようなことがあったら伝えますと言った。そして、見つけたら大通りを歩いてなるべく早くお家に帰るように話しておきますが、駕籠を呼んだほうがいいでしょうかと訊いた。

女は迷った末に駕籠をお願いできますかと頼んだが、すぐに打ち消した。どうせ自分が付き添えないのなら、大通りを歩いて帰ってもらうほうが安全だと考え直したようだ。波乃が請け負うと、女は礼を述べてあわただしく出て行った。足を棒のようにして探しても、無駄足になるのはわかっている。気の毒ではあっても、アラタのためにはそれも止むを得なかった。

おおよその遣り取りはわかったのだろう、八畳間にもどるとアラタは顔のまえで両掌をあわせて波乃を拝んだ。

「よしてくださいな。あたしは仏さまじゃありませんから」

「だって、追っ払ってくれたのですもの」

「万が一のことを考えて、履物を片付けておいてよかったわ。見付けられたら、動かぬ証拠になりますからね」

そう言うと、アラタは改めて驚いたようであった。

「すごいです。相談屋さんにはそこまでわかっていて、手を打たれたのですね」

「たまたまですよ。アラタさんの運がいいということでしょうね」

木綿(ゆう)に気の毒なことをしちゃったと、アラタはちいさく舌を出した。それで波乃は女中の名を知ったのだが、それほどすまないと思ってはいないような気がした。

「では先ほどの続きに入りますが、そのまえに義母(おかあ)さまと御主人のお名前を。……お姑さんとかお義母さま、ご主人、旦那さま、ご亭主などと繰り返していては、わずらわしいばかりで話が進みませんからね」

「あ、はい。玉藻、義母は玉藻と申します。主人の名は新太郎です」

知らないことになっているのだから、馬鹿げた芝居をしなければならないこともある。

「玉藻さんはアラタさんが嫁がれて、一年のあいだは特に注意もせず、皮肉も言わずにあなたを見ておられたそうですが、なぜだとお思いですか」

「なぜだと、……わかりません」

もどかしくてならないが、客なので厳しく言う訳にはいかない。

「母一人息子一人だからです。アラタさんも周囲から散々言われたのでしょう。そういう母親は息子を取られるのが不安で、嫁苛めがひどいので気を付けなければと。玉藻さんも世間がそのような目で見ているのを、当然ご存じでしょうから、そう思われないように努力されたのだと思いますよ」

思い当たることがあるのだろう、アラタはちいさくではあるがうなずいた。

「半年でも長いでしょうに、玉藻さんは一年間も我慢して、あなたと新太郎さんを見守っておられたのです。その玉藻さんがお二人に、親と子、姑と嫁のあいだでは、アラタさんの遣り方でいいとおっしゃった」

「ですが」

「世間ではそれは通じないとも言われたのでしょう。これも当たりまえのことなのに、アラタさんはそうとは捉えず、自分はよくないと言われたような気がしたのだと思います。だけど玉藻さんはこう続けました。おだやかに他人の意見に耳を傾けることは大事だけど、自分の考えとちがったときはちゃんと伝えなければならない、と。これももっともな意見なのに、あなたは厳しく取ってしまったのではないかしら」

アラタはなにか言い掛けたが呑みこんだ。波乃は抑え気味に言ったつもりだが、もしかするとアラタの気持を圧迫してしまったのかもしれない。

「アラタさんは、新太郎さんもそうでしょうけれど、とても控え目なのではないですか。新太郎さんにそういうところがあるのは、ご自分の息子さんだからわかっていたでしょうが、おなじような人が嫁に来たものだから、玉藻さんはもどかしくてならなかったと思います。だから本当は、こう言いたかったのではないかしら」と、波乃は十分と思える間を取ってから言った。「あたしの言ったことがわからないなら、わからないと言ってもらえれば、その都度きちんと話しますから」

波乃はまさかそこまで驚くとは意外だったが、アラタは目をまん丸に見開き、口をぽかんと開けたままであった。開けた口を喘ぐように開閉させてから、ようやくアラタは言ったのである。

「今おっしゃったことですけど、どうしてそう思われたのですか」

「どうしてと言われても困るけど、アラタさんと新太郎さんの控え目なところがもどかしくてならないはずだから、お姑さんだったらそう言うのではないかと」

「そう、そうなんですよ。そっくりそのまま義母に言われたんです」

そっくりなはずだ。先ほどアラタはなぜか省いたが、波乃は先日、玉藻本人から聞いたことをほぼそのまま喋ったのだから。

「アラタさんはご両親や親類の人から、それに親しい人たちに、母一人息子一人の姑の嫁苛めの凄まじさを繰り返し、それも徹底して叩きこまれました。だから絶えずそれが頭から離れないのだと思います」

アラタはなにも言わずに、まじまじと波乃の目を見ている。

「アラタさんと玉藻さんは、ある意味でそっくりですね」

「あたしが義母とそっくりですって」

「はい。おなじ言葉に取り憑かれていると思いました」

「おなじ言葉にですって」

まるで鸚鵡返しだ。

「そうです。姑の嫁苛めという言葉に、二人とも雁字搦めになっているのです。あたしには玉藻さんは姑の立場で、アラタさんは嫁として、その言葉に共に搦め捕られている気がしてなりません」

玉藻はこう言ったのだ。他人の意見が自分の考えや信念とちがった場合は、ただ受け容れるのではなく、自分の思いをちゃんと伝えなければならないと。

ところが自分を抑えに抑えてきたアラタは、そう言われてもどうすれば、どこまで自分を出せばいいのかわからない。だからといって今までどおりであれば、玉藻を落胆させるのがわかっている。

それだけではない。玉藻が素知らぬ顔でようすを見、決定的な過ちを犯すのを待っているはずだとの思いから、どうしても逃れられないでいるらしい。

そのような経緯があって、アラタは波乃を訪ねて来たはずだ。でありながら波乃が縺れた糸を解きほぐしてみせると、途方に暮れてしまったのである。いかに呪縛が強かったかということであった。

「だったら、あたしはどうすればいいのでしょう」

「はっきりしているではないですか。玉藻さんはこうおっしゃったのです。他人の話をよく聞くことは大事だけど、自分の考えはちゃんと伝えなくてはならないって。あまり難しく考えず、アラタさんは自由に伸び伸びとおやりなさい。どうしても新太郎さんといっしょになりたくて、ご両親や兄夫婦、親類縁者、友人知人とさんざん遣りあったのでしょう。玉藻さんはアラタさんに、そんな活き活きしたお嫁さんであってほしいのですよ」

これだけ言っても躊躇(ためら)うようだとお手上げだと諦めかけたとき、アラタの表情がこれまでになく晴れ晴れとなった。

「大丈夫。アラタさんならやれます。自信を持っておやりなさい」

「はい。できると思います、じゃなかった。あたしできます。やります」と言って、アラタは真顔になった。「あの、相談させていただいたお礼なのですが」

「いただきません」

「だって」

「おなじ十九歳ですもの。アラタさんの笑顔を見て、あたしもすっかり心が晴れました。だからあなたからはいただけません」

お礼なら玉藻からだろうけれど、二分をもらっただけでなく、信吾と二人、宮戸屋でご馳走になっている。相談料の件は、波乃としてはすでに終わったも同然であった。それよりもアラタと玉藻の悩みを、なんとしても解決したい。

「アラタさんが信じたやり方でやって、それでもうまくいかなかったら、もう一度相談にいらっしゃい。おなじ十九歳同士、いえ、そのときは二十歳か三十歳かわかりませんけれど、持っている知恵を出しあって乗り切りましょうよ。でも今のアラタさんなら、その心配は無用のようね」

「はい。もう大丈夫です」

「ではそろそろ帰らないと、木綿さんはアラタさんとはぐれて血相を変えていましたから、今時分は大騒ぎになっているかもしれません。大通りを帰れば、お一人でも大丈夫だと思います」

せめて日光街道まで送りたかったが波乃は我慢した。アラタといっしょのところを玉藻か、玉藻の知りあいにでも見られたら、折角の苦労が意味をなさなくなってしまう。

土地の人が蔵前通りと呼ぶ日光街道に出て北に道を取れば、七、八丁（約八〇〇メートル）で嫁ぎ先の高島屋鴻右衛門のある並木町であった。

九

玉藻がやって来たのは、霜月（十一月）も半ばをすぎてからである。表情からして、息子新太郎と嫁アラタとの関係が良好なのがわかった。

「このまえはすっかりご馳走になりまして、ありがとうございました。主人を呼びますので、ちょっとお待ちくださいね」

「将棋会所は活気に溢れて、このまえよりずっと賑やかでしたよ」

「なんでも強豪同士の因縁の勝負があるらしくて、見逃せないと言っていました。常連さんたちも、いつになく気が昂ぶっているそうで」

「だったら呼んでいただかなくてけっこうよ。席亭さんはなにかとたいへんなはずですから」

「いいえ、主人が玉藻さんにはぜひお礼を言わなければと」

「はい。承りました。信吾さんには、あたしがよろしく言っていたとお伝えくださいね」

言いながら玉藻は懐から紙包みを出して、波乃のまえに押し出した。怪訝な顔をすると相談料だと言う。

「でしたらすでにいただいていますし、それにあたしばかりか主人までご馳走になりましたから。その上、こんなことまでしていただいては」

「あれはあれ。これはアラタを説き伏せていただいたお礼だから、なんとしても収めていただかなくては」

なにを言われたのかすぐにわかったので、表情には出さずにすんだが、玉藻の薄い笑いから、見抜かれているのは明らかだった。微かな笑いが、波乃がアラタと話したこと、つまり相談を受けたことを、相手が知っていることを意味していた。

さあ、困った。

玉藻が相談客ならアラタもまた相談客であって、相談屋の波乃としては互いの秘密をどちらにも洩らしてはならないのである。客である玉藻に問われたら答えねばならないが、アラタの秘密は断じて守らねばならない。だがどこまでそれを通すことができるだろうか。

しばらく無言で波乃を見ていたが、やがて玉藻は含み笑いをした。

「親と子の間柄であってさえ、相談された客の秘密は洩らしてはならないのでしょう。ましてや姑と嫁となれば、なにをかいわんやと言うことで、あたしはどうやら波乃さんを窮地に立たせてしまったようですね」

それでも下手な芝居をするしかない。

「あたしには、玉藻さんがなにをおっしゃりたいのだか」

「恩人の波乃さんを困らせては礼儀に悖るし、これ以上苦しめることはあたしもしたくありません」

うっかりうなずくことも首を振ることもできないので、波乃は黙って玉藻の次の言葉を待った。

「あたしは波乃さんだったらかならず、それもきっちりとアラタを説き伏せてくれると信じて、あの大役を託したのですよ。と言われても訳がわからないでしょうね」

訳がわからないという意味で、波乃はわずかにうなずいた。

「波乃さんはおそらく気付かれたでしょうが、すなおで控え目に見えても、アラタはあれでなかなか頑固なの」

うっかりうなずいては、アラタと会ったことを認めることになる。新太郎といっしょになりたいばかりに、両親や兄夫婦だけでなく周囲の忠告に、アラタは断固として従わなかった。まさに頑固そのものではないか。

「嫁だからある程度は堪えるでしょうけど、あたしが普通の姑らしく振る舞えば、厭な思いをせずにいられないはずです。それがつもりつもれば、なにかのきっかけで一気に噴き出してしまうかもしれません。となれば世間並みの嫁姑の関係に、成りさがってしまいます。あたしは絶対にそれは避けたかった。だからなにも言わずに、やることを見守るだけにしたの」

　それは前回、波乃が玉藻から聞いたことであった。最初から玉藻の考えや感じをまともに伝えると、押し付けに感じたり心を鎧ったりする。だから半年のあいだ黙って見守り、さらに半年待ったと玉藻は言った。

「波乃さんの噂を聞いたのは、丁度そのころでした。まえにも言いましたが、噂ですから最初はそれほど関心を示さなかったのです。ところが何人もから聞いたのと、波乃さんが嫁のアラタとおなじ十九歳だと知って、一気に気持が動きましてね。だから手を打ったのだけど、あたしがどうしたと思いますか。波乃さんだったら、どうなさるかしら」

　ここまで聞けば、もはや相談客の秘密云々を言っている段階ではないのが、波乃にもよくわかった。それよりも波乃は玉藻にこれまで以上に興味を抱き、なにを考えどうしたのかを知りたくなったのである。それを見越したように、波乃ならどうするかと本人に問われたのであった。

　玉藻は一気に気持が動いて手を打ったと言ったが、鍵はアラタと波乃がおなじ十九歳ということである。波乃は目まぐるしく頭を回転させた。試されているからには合格点を取りたかった。お世辞もあるかもしれないが、これまでの玉藻の話では、自分はある程度は評価されているはずだとの思いがある。

「少しお時間をいただいてよろしいでしょうか、玉藻さん」

「もちろんよ。いくら噂の相談屋さんでも、すぐに答が出せるとは思えませんもの」

それにしても見事な煽り方だと思ったが、感心してばかりもいられない。

「ありがとうございます」

礼を述べながらも、波乃は懸命に考えを纏めようとした。

二人が十九歳だと知って手を打った、と玉藻は言った。おそらくすぐに行動に出たことだろう。それを取り持ったのは玉藻の知人だろうが、となると通常の付きあいよりは深く、おそらく相当に親しい人のはずである。

段々と絞りこんでいく。ちらちらと答らしきものが見え隠れしたようだが、焦りと願いが招いた錯覚かもしれない。

「相談屋波乃の噂を玉藻さんにもたらした方の中で、噂話にもっとも強い関心を示す人、しかも話が上手でおもしろい人、なにごとにも興味を抱いて野次馬となるような人、そういう人に話を持ち掛けるでしょうね」

お手並みを拝見しようじゃありませんかと言いたげに余裕を持っていた玉藻が、途中から身を乗り出すようになった。おおきくズレてはいないとわかり、さらに気持を集中させた。波乃ならどうするか。最善の手はどこにあるのか懸命に考える。

「いや、話を持ち掛ける程度では手緩いですね。おもしろい芝居を考えたのだけど、乗りませんか。でも自信がないでしょう、とその人を嗾(けしか)けますか」

「波乃さんはおもしろいことを考えるのね」

玉藻が初めて反応したが、しかし言い方からすると掠(かす)ったくらいかもしれない。しかしここまで来れば続けるしかないのだ。

「これぞと思って絞りこんだ人に、家に来てもらいます。当然ですが、お嫁さんのアラタさんが同席するのが前提です」

波乃の考えはこうである。いや、自分が玉藻ならこうするはずであった。

その人物を仮に甲(こう)さんとすると、多くの人の悩みを解消して評判になっている町の相談屋夫婦の噂を、さり気なく甲さんにしてもらう。夫の信吾は二十二歳、妻の波乃は十九歳と若いが、いくつもの難問を解決して感謝されている。しかも、その相手は若年、中年、初老から老人までと幅広い。妻の波乃は特に若い層に相談されることが多いようだ。

そして噂話の中に波乃が十九歳と若いことを、くどくならない程度に挟んでもらうのである。

「とりわけ大事なのは、甲さんの話に玉藻さんはそれほど興味を示さないことです。まったく興味なしでは困りますが、ほどほどにしてアラタさんが関心を抱いたようであれば、甲さんにはごく自然にアラタさんとの話に比重を移してもらいます」

自分の考えはちゃんと伝えなければならないと玉藻に言われ、どうすればいいのかとアラタは悩んでいる。周囲の人に相談できないとなれば、甲に教えられた波乃を頼るようになるのではないだろうか。もちろん甲には、信吾と波乃がやっている「おやこ相談屋」が浅草黒船町にあること、信吾は昼間将棋会所に詰めていることを話に挟んでもらう。そしてアラタの記憶に残るよう、くどくならない範囲で繰り返してもらうのだ。

「このまますんなりいけば文句なしなのですけれど」と、波乃は口惜しさを隠さずに言った。「あたしの案の一番の弱みは、絵に描いた餅ということですね。いくら甲さんにうまく持ち掛けてもらっても、アラタさんがあたしの所に相談に来なければなにも始まりませんから」

そう言うと同時に気付いていた。アラタはお供の木綿を撒いて波乃を訪ねて来たが、ということは玉藻がそうするように仕向けたからなのだ。でなければ来るはずがない。ここに到って、すべてが繋がったのである。

玉藻に水を向けられて、波乃は自分ならどうするかひたすら考えた。そして導き出したのが、まさに玉藻の採った手段だったと気付き、波乃は思わず掌で額を音高く叩いた。

同時に玉藻が笑いを弾けさせた。噴き出し、それが爆笑となった。

「もういいわ、波乃さん。なにも芝居までして、あたしを笑わさなくてもいいの。それにしても、よくそれだけの筋を導き出したわね。さすが評判の相談屋さんだわ。だけど冷静に考えれば、そこに行き着くしかないでしょう。そうなの。あたしの考えたことがそれだったわ。だけどこっちは何日もかかったのよ。それなのに波乃さんは、わずかな時間でそこに行き着いたのだから、さすがだわね」

波乃に芝居を打つほどの余裕はなかったのに、玉藻はこちらの都合のいいように取ってくれたらしい。

「からかわないでくださいよ、玉藻さん」

「まさに波乃さんの考え抜いた筋書きのままでね、アラタは黒船町に評判の相談屋さんを訪ねたということなの。あたしの思惑どおり、波乃さんはアラタを説き伏せてくれただけでなく、たいへんな自信を植え付けてくれたわ。アラタが波乃さんのところへ相談に行ったことは、あたしはすぐにわかったの。その夜の食事のときに気付いたわよ。翌朝には、まえの夜に新太郎と話しあったこともわかった。息子の話し振りが、というより目の輝きがちがったからね。大袈裟に言えば、なにかを摑んだ、そんな感じだったわ。……あら、どうなさったの」

「自分は幼いな、未熟だなと身に染みてわかりました。多少は人の悩みを解決することもできて、なんとなくやっていけるかな、なんて思っていたのです」

「やっていけますとも。だってまだ十九歳でしょう。十九歳でそこまでやれるのだから、知識が身に付き経験を積めば、それこそ怖いものなしですよ」

「おお、怖い」

大袈裟でわざとらしい言い方をしたが、本心から玉藻を手強いと思ったのである。

控え目ですなおそうだが、頑固な一面もあるアラタ。一人息子が選んだその嫁と、いかにすればうまくやっていけるか。その背後には母一人息子一人の、「姑の嫁苛め」という世間から押し付けられた呪縛がある。

玉藻は取り敢えずなにもせず、なにも言わずにようすを見ることにした。嫁のアラタも事情をわかっているらしく、そつなく日々をすごしていた。

そんなとき波乃の噂を耳にしたのだ。これを利用しない手はないと考えた玉藻は、波乃に会うことにした。

アラタが波乃に相談するように運べたら、もしかしたらうまくいくのではないだろうか。自分があれこれ言えば、どうしてもぎくしゃくした関係になる。ところが相談屋の波乃の言うことなら、アラタはすなおに聞くはずだ。知人に頼んでアラタが波乃に相談に行くように仕向けた方法は、波乃の絞り出した考えとおおきくはちがっていなかった。

そして玉藻は、アラタと新太郎もだが、一番いい結果を得られたのである。

上には上がいると、波乃はつくづく思い知らされた。しかし玉藻がどう思ったかはともかく、波乃は自分が利用されたとか、うまく乗せられたとは思わない。過程はどうであろうと、波乃が関わったことで、アラタと玉藻は良好な関係を築くことができたのだ。

これまでどうしても「負」として見られ扱われていた嫁姑関係を、わずか一組にすぎないかもしれないが、「正」に逆転させた意味はおおきいと思う。

包みには五両入れられていた。信吾がいつもそうするように、波乃は神棚にあげて両掌をあわせた。相談料はともかくとして、玉藻とアラタという義理の親子と触れあうことで、とても多くの貴重なものを得られたと思う。

話すことが山ほどあって、波乃は信吾が将棋会所の仕事を終えてもどるのを、これほど待ち遠しく感じたことはなかった。

十二支騒動

一

話を聞き終えた信吾は、将棋会所「駒形」の客たちに披露すればまちがいなく大受けするだろうと確信した。なぜなら話がなんとも奇妙なだけでなく、語りの主が常連客の夕七（ゆうしち）だったからだ。

将棋会所の順位に関しては常に変動しているものの上級が一割、中級が二、三割、初級が六、七割だと信吾は見ている。夕七は中級の上位で停滞していた。ところがここに来て上級の下位に上昇し、中位をねらえるほど力を付けている。中級から上級への壁は高くて厚いので、容易には越えられなかった。

夕七は各地を渡り歩いた末に、今戸焼（いまどやき）の窯元の婿養子になったという変わり種だ。そのためか各地の言葉や訛（なまり）が入り混じっていて、それだけが理由ではないが変な人、おもしろい人だと思われている。

そんな夕七が、あろうことか朝の六ツ半（七時）という早い時刻にやって来た。それも将棋会所でなく母屋へだから、驚かざるを得ない。

朝、木刀の素振りと鎖双棍のブン廻しを終えた信吾は、小僧の常吉に棒術の型と技の組みあわせ術を指導する。そして汗を拭き浄めてから、波乃と三人で朝食を摂るのが日課となっていた。

常吉は食事を終えると、番犬「波の上」の餌を入れた皿を持って将棋会所にもどる。信吾と波乃が表座敷の八畳間に移って、茶を飲み始めたときであった。

「ああ、今日は勘が冴えとるばい。やっぱりこっちでおましたな」

九州だか難波だかわからない、ごちゃ混ぜか、そのどちらでもないだろう言葉で夕七は話し掛けてきた。しかも信吾がなにも言わないのに、勝手に沓脱石からあがって二人のまえに座を占めたのである。

「将棋でしたら、常吉が対局の席を準備していると思いますよ」

軽い非難を籠めて窘めたが、夕七はそんなことは気にもかけない。

「だったら、こんなに早うは来ませんがな」

信吾と波乃は思わず、「えッ」というふうに顔を見あわせた。

「と申されますと」

なんの用があるのだと訊かざるを得ない。

「席亭さん、じゃなかった信吾さん。それに波乃さんもでっけど、夢はご覧になられますやろ」

またしても顔を見あわせ、思わず「夢ぇ」と声に出していた。

「寝ているときに見る夢ですか」

「普通はそうでっしゃろが、起きてるときに見る夢もありまんな。天下を取っちゃるけんとか、江戸で一番の相談屋になってこましたる、なんちゅうてね」

「朝から冗談を言いに見えたのではないでしょう、夕七さん」

軽く皮肉った信吾に、夕七は真顔で答えた。

「お二人は見た夢を憶えておりますかいな。人に訊かれたとき、こんな夢を見ましたと、順序立ててすらすらと話せまっか」

「まっかというのがどこの言葉かは知りませんけれど」と答えながら、信吾は思いを巡らせた。「一場面とか、だれかが言った言葉の一部を憶えていることはありますが、見た夢のことをすっかり話すなんてできませんよ。それによほど印象深かったとしても、顔を洗ったり厠で用を足しているうちに忘れてしまいますからね」

「でっしゃろ。それが夢っちゅうもんだ」

「忘れるというより消えてしまいます」

「儚いもんの喩えに使われるくらいですけん」

「そう言えば、儚いという字は人の夢と書きますね」

波乃はそう言ったが、夕七がそこまで夢にこだわるには、それなりの理由があるのだろう。

「すると夕七さんは、普通でない夢を見られたということですね」

「十人近い人というか、人のようなもんがでんな、四半刻（約三〇分）ほど喋ったことが、初めからしまいまでそのまま頭に入っとるんですわ。入っとるだけでのうて、そっくり繰り返せまっせ」

人のようなもんと言われて変な気がしたが、そんな思いはあとに続いた言葉のために消し飛んでしまった。何人もが四半刻も喋ったことを、すっかり憶えていて繰り返せると夕七が断言したからだ。しかも見た夢だと言うのだから、「そんな馬鹿な」となって当然だろう。なにより、そんな長い夢を見るなど考えることもできない。

「繰り返して話せるとおっしゃいましたが、夕七さんがですか」

間の抜けたことを訊いたと苦笑したが、夕七の皮肉がそれに追い撃ちを掛けた。

「ほかのだれがとおっしゃりたいんかいな、信吾さんは」

「これは失礼しました。だから夕七さんは、お見えになったんですものね。ですが、そんなことが」

「できる訳がねえですよ」

「でしょう。それなのに」

信吾の言葉にうなずくと、夕七は右手の人差し指で顳顬を軽く叩いた。

「信吾さんと波乃さんには、信じられる訳がありまへん」

「夕七さんは見た夢を、そのまま繰り返して話せるのですね」

波乃がそう訊くと、夕七はまたしても顳顬を指先で突いた。

「信じられんのはほかならぬ本人、この夕七さんっちゅうことです。すっかり刻みこまれちょりますから、いつでもそのまま繰り返せまっせ。自分でもなんでこんなことになったのかと、呆れるしかなかとです」

「そんな馬鹿なと言っても、だからこそ夕七さんは、朝のこんな早い時刻にいらしたんですものね」

「てことでおますのやが、聞きたくねえですかね、お二人さん」

「そりゃ聞きたいですよ」

波乃の言葉に信吾もおおきくうなずいた。

「鼻先に人参をぶらさげられたら、どんな馬だって我慢できる訳がないでしょう。あッ、ちょっと待ってください」

信吾は日和下駄を突っ掛けると、将棋会所との境になっている生垣の柴折戸を押して常吉を呼んだ。そしてお客さまと大事な話があるので、よほどのことでなければ常吉が処理するようにと言い付けた。

「それくらいできんと、席亭の助手は務まらんぞ」

常吉は信吾ではなく宮戸屋の奉公人で、信吾の父の正右衛門（しょうえもん）が将棋会所を手伝うように命じた。本人は将棋会所の仕事を続けたいのだが、いつ宮戸屋に呼び戻されるかわからないので、それが気になってというより心配でならないらしい。将棋が強くなって「駒形」になくてはならぬ存在になれば、その心配はしなくてよくなるかもしれんと信吾は言ってある。

「やります。できます。任せてください」

常吉は意地になったように言明した。うなずいて八畳間にもどった信吾は、波乃といっしょに夕七の話を聞いたのである。

聞き終えるなり思わず天を仰いだが、まさに荒唐無稽と言うしかない。夕七の力みようから、相当に奇抜だろうとは思っていた。だが想像できる範囲を遥（はる）かに超えていることに、衝撃を受けざるを得なかったのである。

物語というか話が劇的だとか、魅力に溢（あふ）れた人物の言葉や行動に感動したという訳ではない。一貫性は感じられないし、行き当たりばったりなところもあれば、根拠がないのに話が飛んだりもする。でありながら、なんとも摩訶不思議（まかふしぎ）な世界が、そこには出現していた。

こんな訳のわからぬ夢を夕七が見たとは信じられなかったが、これはまさに夢でしかないとも思った。とても夕七の空想の産物だとは考えられなかったのだ。もしもかれが思い描いたのだとすれば、特異な才能と言うしかないだろう。ところどころに夕七ならではと思える部分もあったが、かれが見た夢だとすれば当然かもしれない。

登場人物について夕七が、「十人近い人というか、人のようなもんが」と言った理由はすぐにわかった。なんと神々、それも八百万の神々の、各地の代表なのである。

それにしても、なんと人間臭いことか。その神々が「十二支の改訂」について、熱っぽく、しかし馬鹿馬鹿しいと言えなくもない議論を繰り広げたのだ。

神々が出身地の言葉、つまり方言で主張したり批判したりする。あるいは夕七の作り話かもしれないと思ったのは、蝦夷代表が欠席していたからだ。二十代後半だと思われる夕七は、各地を転々としたらしいが、蝦夷には行っていないようであった。

夕七の夢に登場した神々の代表は、次の面々である。陸奥の仙台、関八州の江戸、北陸の若狭、畿内の難波、四国の阿波、九州の筑紫。

信吾が引っ掛かったのは神々の言葉であった。江戸はともかくとして、各地の代表の言葉や訛が、信吾がこれまで耳にしてきたものとは微妙に、あるいはかなりちがっていたことだ。

夕七は夢で見たと言っているが、可能性は低いとしても、かれが作ったのだと考えられぬことはない。各地の言葉も、特徴の一部をいかにもそれらしく喋っているだけかもしれなかった。

もっともおなじ地域でありながら、山一つとか峠を越える、あるいはおおきな川を渡るだけで、言葉や訛がガラリと変わると聞いたこともある。だとすれば、あまり気にすることはないのかもしれない。

二

それはともかく、思いも寄らない内容、いや夢の話であった。こんな夢を見たなら、夕七がだれかに話したくなるのもむりはないだろう。

「夕七さんのお嫁さんはたしか十九歳だと伺っておりますが、お嫁さんには話されたのでしょう」

「うんにゃ、話しとりゃあせん。どうせわからんだろうけん」

「そんなことはないと思いますよ。突拍子もなくおもしろいので、わかるわからないはともかくとして、どんな人だって驚くのではないですか」

「そりゃ驚くかもしれんがね。女房にはこの話の、本当のおもしろさはわからんと思うんですわ。なんせありきたりの、まともな女ですから」

「ちょっと待ってくださいよ、夕七さん」と、信吾より早く波乃が言った。「だからここへ、あたしたちにお話しに見えたのですか」

「ってこったね。なんたって、わかる人に話さなきゃ意味がおまへんやろ」

信吾と波乃は顔を見あわせた。

「それにしても物凄いことをおっしゃる。夕七さんでなければ言えないことですよ」

「なにが、ですかいな」

「お嫁さんはまともな方なので、今のお話の本当のおもしろさはわからないだろう、とおっしゃいました」

「はいな」

「それでお嫁さんとは反対側にいる、わたしと波乃に話しに来られた。となるとわたしたちはまともじゃない、それも並外れて、となるのではないですか」

信吾がそう言うと夕七は、少し間を置いてからにやりと笑った。

「なるほど、おっしゃるとおりでんな」と、まるで悪びれたところがない。「まともでないのも事実でやんすがね。それよりも、こげな奇妙奇天烈な話を腹から笑ってくれるのは、お二人を措いてほかにおらんと思いやすよ」

「夕七さん。あと半刻（約一時間）、いや四半刻もすれば、常連さんたちがお見えになります。物識りなお年寄りや風変わりなお方、それに島造さんや夢道さんのような物書きもおられますからね。みなさんが対局を始められるまえに今の話をされたら、喜ばれると思いますけれど」

「そうできりゃええんですが、取り敢えずお二人にだけは話しておこうと、仕事の途中で抜け出して来たもんやからね、すぐにもどらなきゃならんですたい」

そう言うなり、夕七はあわただしく帰って行った。

瓦の窯元の仕事は、捏ねた粘土を型に入れ、半乾きになったら取り出して陽乾しにする。そして窯に収めて火入れをし、火を消して窯の熱が冷めたら取り出すなど、おおきく分けても何工程もあるとのことだ。加えて註文取りや材料の仕入れ、販売などやるべきことは多い。

次の親方になるために、夕七は義父のもとで懸命に仕事を憶えているのだろう。それを抜けて来たとなれば、引き留めることはできなかった。

それにしても夕七の話した神々の代表による「十二支の改訂」は、設定と遣り取りのおかしさが痛快と言うか、なんとも珍妙であった。夕七はだれにもかれにもわかるとは思えないと言ったが、「駒形」の客ならまちがいなく大受けするはずである。

だが言うまでもなく、将棋会所は客たちが対局を楽しむ場だ。それなのに朝一番のこれから対局というときに、いくらおもしろく風変わりだと言っても、夕七の話を多くの客に訊いてもらうのは筋違いではないだろうか。

これまでにも会所の空気が妙な具合になると、信吾は手を打ち鳴らして告げた。

「みなさま、ここがどういう場所かご存じですね。そうです将棋会所です。ですからどうか対局を楽しんでください」

であれば将棋会所ではなく、信吾たちが暮らしている母屋に来てもらってはどうだろう。関心のある人だけが集まるので、ほかの客に気兼ねすることはない。

だが、信吾や波乃がいかにおもしろがったからとて、客たちに聞いてもらうのはやはり行きすぎではないだろうか。あれこれ思い迷って、信吾は堂々巡りに陥ってしまった。

そうこうするうちに、話を聞き終えた直後に感じた、まちがいなく大受けするだろうとの確信が次第に揺らぎ始めた。八百万の神々の代表が登場する破天荒な設定と、その遣り取りの珍妙さに度肝を抜かれて冷静さを欠いていた、との反省があったのかもしれなかった。

まさに夢でしかない、とても夕七の空想とは思えないと感じた根拠が、次第に曖昧になってゆく。夕七の語った神々の遣り取りのいくつもの場面が次々と思い出されたが、それは将棋会所の客たちの会話や、夕七の話し方の延長でしかないのではないか、という気がし始めたのだ。

「押夢(おしむ)さんに聞いてもらったらどうかしら」

波乃にそう言われても、信吾は躊躇(ためら)わずにいられなかった。

「押夢さんか……」

戯作者の寸瑕亭押夢の笑顔が脳裡を過ったが、信吾が口籠ったのにはそれなりの理由があった。波乃といっしょになって程なく、戯作に仕立ててくれるかもしれないと思って、柳橋の料理屋で押夢に夕七の話を聞いてもらったことがあったからだ。

七月七日の夕刻七ツ（四時）に生まれた夕七が、七色唐辛子売りの売り声に誘発されたように、七という数字に付き纏われる話である。

信吾も波乃も腹を抱えて笑ったが、おもしろがりはしたものの押夢は戯作化しなかった。押夢は夕七の作り話と見抜いていたけれど、それが作品化しない理由ではなかったようだ。

押夢によると、話としておもしろくても戯作にすると味が出ないものもあれば、その逆もあるとのことであった。今回の「十二支の改訂」がどちらであるか、信吾にはわからない。しかし駄目でもともと、ということもある。自分がおもしろく感じたというだけの理由で、十分ではないだろうかと信吾は思い直した。ともかく聞いてもらうべきだろう。

両親が営む会席と即席料理の宮戸屋でもよかったし、押夢が行きつけの柳橋の料理屋でも不都合はなかった。しかし信吾は母屋に来てもらうことにした。そして夕七と押夢、二人の都合を聞いて、日時を設定したのである。

当日、夕七と押夢はほとんど間を置かずに姿を見せた。挨拶が終わると波乃が用意した酒肴(しゅこう)が供され、夕七が盃(さかずき)に口を付けて最初の一杯を呑(の)んだところで、信吾が簡単な言葉を述べた。

「それでは酔っ払わないうちに、夕七さんになんとも奇妙奇天烈な夢の話をしていただきたいと思います」

「少々の酒で酔っ払う気遣いはありやせんが」

「夕七さんにとって少々とは、一升と一升で二升ですものね」

「まあ、多少は呑めるって程度で」

「それではのちのお酒を楽しみに、語っていただきましょうか」

信吾が軽く笑わせたので、その場の空気は整った。

夕七は軽く頭をさげると押夢に微笑(ほほえ)み掛けてから、夢で見た神々の遣り取りを再現した。

三

江戸「それでは関八州総代のわたくし江戸が、座長をやらせていただきます。本日は欠席された方も多いですし、話の内容も一つということですので、簡略に切りあげる所存です」
難波「まあ、堅苦しいことはええやないか。のんびりやったらよろしおま。ああ、そうか。どこぞに男待たせとるんやな。去年の座長の蝦夷も、女を連れて来よった。あんたもそやな。どや、図星やろ」
江戸「畿内総代の難波さん、まぜかえさないでくださいよ。さて、すでにお報せしておきましたが、本年の題目は『十二支の改訂』でありまして」
筑紫「そげんこととしか題目がなかとね。神々が年に一遍集まって、十二支の改訂しか話のないとかね。神々の威厳はどげんした」
難波「おい、筑紫。机を叩くんは止めんかい。茶がこぼれてしもうたがな。無茶したらあかん」
筑紫「執行部はなんば考えとうとか。そげん弱腰やけん人間に舐められるったい」
江戸「そうはおっしゃっても暦売り、それに神社やお寺さんのご都合もありますから」
筑紫「暦売りにお寺に神社やと」
江戸「さらには十二支をかたどった飾りや置物、子供の玩具の作り手。ほかにもいろいろと関係する者は多いですからね」
筑紫「バッカらしか」
阿波「ほなけんど、なんで今さら十二支を変える必要があるんで」

江戸「時代に即応しない、不公平である、馴染(なじ)みの少ない動物が交じっている、などの意見や不満が寄せられています。もはや無視できない状態なのです。先日お送りした文書に、明らかにしておきましたよ、四国総代の阿波さん」

阿波「ほうでしたかいな。だったら入れ替えだけでのうて、単に削減するとか、あるいは十五支とか十八支、どんと増やして倍の二十四支にしたらどうかいな」

江戸「おもしろいご意見ですが、あくまでも十二支の改訂であって、数をどうするかではないですから。はい、陸奥総代の仙台さん」

仙台「時代遅れはわかっけども、不公平つうのはどういうことかね」

江戸「例えば蹄(ひづめ)が二つに分かれた種類はウシ、ヒツジ、イノシシと三種類も入っていますし、ウサギとネズミは鋭い前歯で物を齧(かじ)る類(たぐい)で、これも重なっているでしょう。架空動物のタツが入っているのも、おかしいと言うんですよ」

筑紫「架空ではのうて、タツは滅んだんじゃ。近ごろの若い者はなあんも知らん」

若狭「タツ――龍虎相搏(りゅうこあいう)つ。龍頭蛇尾。龍の子にも九通りはある」

難波「また若狭の引用癖が始まったがな。諺(ことわざ)もええが、たまには自分の意見を言うたらどうやねん」

若狭「龍の鬚(ひげ)を蟻(あり)が狙う」

難波「これや。かなわんで、ほんまに」

阿波「それにしてもようけ滅ぼされたな。カッパ、ニンギョ、オニ。なあ、仙台はん」

仙台「んだ。どれもこれも人のせいで」

阿波「辛うじて滅びずにすんどるけんど、わいらもよう似たもんじゃ」

江戸「感傷にふけっているところを申し訳ないですが、ではタツは外していいですね。ほかにはどうでしょう、阿波さん」

阿波「ヒツジは元来、唐土（もろこし）とかもっと遠国（おんごく）の生き物や思うけんど」

若狭「ヒツジ——羊頭狗肉（ようとうくにく）、多岐亡羊（たきぼうよう）」

筑紫「ヒツジよりシカのほうが、よっぽど馴染みがあるけどな」

難波「ヒツジをシカに替えると、ウマ、シカ、サル、トリとなり、ウマとシカが並んで馬鹿になる」

筑紫「むりに並べるな」

阿波「トラやめてネコ入れてつかい。トラを見た者はほとんどおらんのやし」

筑紫「あれは威厳ゆう意味で必要たい。もう、腹ん立つ」

若狭「トラ——虎穴に入らずんば虎子を得ず。虎視眈々（こしたんたん）。虎を描きて猫に類す。虎と見て石に矢の立つためしあり」

江戸「ではみなさんに、新しく加えたいものを挙げてもらいましょうか。仙台さん」

仙台「カッパ、ナマハゲ、ザシキワラシ」

難波「ザシキワラシは人間の子供のようなもんだろうが。それより魚を入れよう。クジラはどうでっか」
筑紫「クジラは魚じゃなか。それが証拠に、卵でのうて子供を産んみょる」
仙台「クジラは、はあ、踊り喰いにかぎる」
阿波「ほうじゃ、あの咽喉越しがなんとも言えん」
仙台「メダカの刺身」
阿波「オコゼの姿焼きもええけんど」
仙台・阿波「シラウオなんかじゃ物足りん。やっぱりクジラの踊り喰い」
難波「阿呆、茶化すな。わいはな、魚の類からも一つ選ぶべきや、言うとるんじゃ。この国は周りを海に囲まれとるのに、なんで魚を入れてやらんね。海の魚でのうて川魚でもええ。アユなんかぴったりやで。昔は占いに使うた言うくらいで由緒もある。香りも上品。川魚では一番や」
阿波「難波は琵琶湖の漁師の親玉から、金をもろうとんじゃ。サカナ入れるならタイ、鳴門の渦で身の締まったサクラダイ」
難波「よだれ垂らすな。汚いなあ、もう」
若狭「タイ――鰕で鯛を釣る。腐っても鯛。変態、けったい、口はばったい」
筑紫「山陽総代が欠席してよかった。あいつがいたらコイば入れろ言うてやかましか」

若狭「コイ――俎板(まないた)の鯉(こい)。鯉が踊れば泥鰌(どじょう)も踊る。鯉の滝登り」
江戸「若狭さん、なにかございますか」
若狭「特になし」
江戸「筑紫さんは」
筑紫「ムツゴロウ」
江戸「あれは魚ではなくて、カエルやイモリの仲間とちがいますか」
筑紫「魚ばい。ハゼの一種たい。もう、腹ん立つ」
阿波「アユにタイにコイにムツゴロウときたもんな。こら、まともには治まらん」
若狭「好き喰う蓼(たで)も虫むし。あれれッ」
江戸「それでは、入れたいものを並べていただくとしましょうか。阿波さん、ネコ以外にありますか」
阿波「ネコだけでええ。ネコネコネコ」
若狭「ネコ――借りて来た猫。猫の手も借りたい。猫背、猫っかぶり、猫に小判、猫の額、猫ババ」
筑紫「もう止めじゃ。馬鹿らしゅうてやっとられん。なんでロクな題目もなかとに、集まらんならん。時間の無駄じゃ」
阿波「わいは羽を伸ばせるええ機会じゃ思うて、楽しみにしとったけんどな」

仙台「んだ。毎年、出雲でやっとるときには退屈もしただが、持ち廻りになってからはあちこちを廻れるし」
阿波「なんちゅうても温泉。とくりゃ混浴やけん」
筑紫「ええ加減にせんか。堕落ばしてしもうてからに」
難波「夫婦喧嘩でもしたんかいな。えらい機嫌が悪いやないか」
筑紫「いっしょにするな、俗物めが」
難波「おお、こわ」
江戸「具体的になにが不満なんですか、九州総代の筑紫さん」
筑紫「人間どもの横暴が我慢ならんたい。動物は滅ぼすし、自然ば滅茶苦茶にする」
江戸「たしかに目に余る部分もありますが」
筑紫「それだけで満足できんと、わしら神々の領域にまで手ば伸ばし始めた。わが物顔でのさばりくさって」
難波「気にすることはないがな。なんやかや言うても幼稚なもんじゃ」
筑紫「神々の与えたもので満足すりゃよかたい。それがなんじゃ。感謝の気持ば忘れてしもうてからに」
仙台「で、どうしたいっちゅうんかね」
筑紫「この辺で、人間に替わるもんを創ったほうがよか。いや、創るべきなんじゃ」

江戸「思いもしなかった意見が出されました。それにしても、あまりにも過激な発言だと思いますが」
難波「ほっとけばええ。どんな生き物やって、ときがくれば自然に滅びる。なにもむりせんでも」
筑紫「滅びるんなら勝手に滅びりゃよか。あまりにも多くの生き物を、道連れにしすぎるばい」
阿波「人間はわいらの創った最高傑作や思うけんど、たしかに管理能力には欠けたところがあるな」
筑紫「ありすぎる。ええか、この二千年で、おもな獣だけでも百種以上が姿を消した。現に今も六百種の獣、数百種類の鳥なんぞが絶滅に瀕（ひん）しとる。それに魚や虫の類」
若狭「形あるものは必ず壊れる。生者必滅会者定離（しょうじゃひつめつえしゃじょうり）」
江戸「人類はすでに老年期に入り、次第に子供が生まれにくくなっております。一つの種族としての活力を使い果たせば、あとは滅びるだけですから」
筑紫「自然に滅びるば待っとったら、地上の生き物のほとんどがおらんようになる。ええか、ここに来て、毎年一種の割で動物が滅んどるけん」
若狭「一つの種の絶滅を知らされると、一人の偉大なる著作家のすべての労作が、この世から消えたような気持になる——ん、だれだったか。言うたやつはおりませんか。

かまわないわ、そのうちだれぞが言うでしょう」
阿波「新しい生き物を創るっちゅう考え、魅力あるな。新しい国生みか。この辺で世界を創り直すのもええ」
難波「世界じゃ生き物じゃ言うても、阿波は妙なもんばっかりこさえよるからなあ。人間が生きやすいようにと、わしらが家畜や野菜なんぞをこさえとるときに、隅のほうで役に立たんもんばっかり創ってからに」
阿波「わいは人を楽しませるために、ちょっとでも心が豊かになるようにと」
難波「マンボウがかいな」
阿波「下半身のない魚がおっても、ええと思うたんじゃ」
難波「そう言えば遥か遠い国の、実際にいるのかいないのかわからんシフゾウに、阿波はえらい興味を示しとったな」
阿波「ほなって、シカでもなく、ウシでもなく、ラクダでもなく、ウマでもないとなると、思い描いただけでも楽しいて」
江戸「まともな人の考えることでは、ないと思いますけどね」
阿波「尻尾はウマに、蹄はウシに、角はシカに、頸はラクダにとなると、考えただけでもおもしろいでないで」
難波「全体ではそのどれにも似とらんちゅうのが妙やで」

阿波「新しい十二支に入れようか」
筑紫「調子に乗るな」
阿波「ほんなこと言うけんど、タツをこしらえたんは確か筑紫はんのはずで」
筑紫「ああ、それがどげんした」
阿波「あれはわいの話した、シフゾウの考えを盗んどる」
筑紫「なんば言うとね、人聞きの悪か」
阿波「たしかタツの特徴はこうやったな。角はシカに、頭はラクダに、目はオニに、うなじはヘビに、腹はミズチに、鱗はコイに、爪はタカに、掌はトラに、耳はウシに似たり。……やっぱり、わいの話したシフゾウに刺激を受けとる」
筑紫「タツは動物の王者やけん、さまざまな動物の特長を具えとるんじゃ。遊び半分の阿波とは、発想が根本的にちごうとるたい。それなのにタツを外してしもうてからに」
難波「今さら遅い。タツは外していいですねと江戸はんが言うたとき、反論せなんだからや」
筑紫「いいですねと訊かれはしたが、結論は出とらんはずじゃ」
江戸「終わったことを、いまさらとやかく言われても困ります。人間はたしかに愚かですが、そのうち自分たちの愚かさに気が付くはずです。もう少し、ようすを見てやってはいかがです」

筑紫「そげな悠長なことを言うとるあいだに、生き物ば死に絶えてしまう」

江戸「新しい生物は、その段階で創ってもいいのではないですか。たしかに人類は失敗作だったかもしれません。これをいい教訓にしてですね」

若狭「自然に任せるべきです。なにごとも自然が一番。自然とは、神々の無意識の意識を意味する訳ですからね」

難波「北陸総代の若狭が、初めて自分の意見を言うたがな」

若狭「脱皮できない蛇は滅びる。その意見を取り替えていくことを妨げられた精神たちも同様だ。それは精神であることを中止する。……えっと、だれの言葉でしたっけ」

難波「あかんわ、こりゃ」

仙台「のんびりかまえとるが、人間が自分たちに残された時間を知れば、驚くこったろうな」

江戸「知らないほうがいいですよ。知ってしまえば、なにをしでかすかわかりませんから、人間は」

難波「ちょっと宇宙暦貸しなはれ。ええっと、ありゃあ、人間が生きてられるのは、あとこんだけしか残っとらんのかいな。えらいこっちゃで」

江戸「でしょう。ここで教えてごらんなさい。どうせ滅びるのならと、滅茶苦茶をやりかねませんから」
筑紫「一つでも多くの生き物を救うには、人類の無謀をなすがままにするのが一番てか。情けない矛盾ばい」
江戸「しょうがないでしょう」
難波「わいらにも、責任があるっちゅうことじゃ」
仙台「欠点も多いが長所も多い。やっぱり人間は最高傑作だと思うがな」
阿波「人間のあとになにがくるかわからんけんど、逆に言うたら希望も持てる。あまり悲観することもない。みなさん希望を持ちましょう」
若狭「希望とは、輝く陽の光を受けながら出掛けて、雨に濡れながら帰ることである。あれ、これはだれの言葉でしたっけ」
難波「またかいな。だれかの引用の振りして、若狭はんは自分の言いたいことを言うとるんちゃうけ」
喋り続けたために咽喉が渇いただろうと、波乃が茶を出したため夕七の話は中断した。

る。

四

茶を呑み終えると、夕七は湯呑茶碗を下に置いた。そして直ちに続きに入ったのである。

江戸「十二支にもどりたいと思います」
筑紫「むだなこったい、今さら」
江戸「まあまあ、そうおっしゃらずに。で、決定の方法ですが欠席者が多いので、われわれだけで決めるのも問題があると思うのですが」
筑紫「休むとが悪か。年に一回の集まりに、なんで出られんとね」
江戸「その問題は次回に廻しまして、とにかく結論を」
難波「やっぱり男待たせとるで。江戸は。男に会いたい一心で、一刻も早う終わらせたいんじゃ」
江戸「いっしょにしないでください。どうして前向きに考えられないのですか、あなたがた、とりわけ難波さんには、まるで誠意というものが感じられませんね」
阿波「みなさんに提案がありますのやが、人間の子供による人気投票で決めるちゅうのはどうですかいな」
仙台「なるほど、阿波さんならではのご意見だ」
阿波「ならではとおっしゃったが、奈良では大仏さまが坐ってる」
仙台「鎌倉でも大仏さまは坐っとる」
阿波「浅草では観音さまが立っている」
筑紫「やめんか、馬鹿もんが」
阿波「子供の人気投票。夢があって、ええと思うんやけんど」
筑紫「人間に選ばせたりすりゃ、神々の威厳がのうなるたい」
江戸「いや、あくまで参考にして、決定は神々がおこなえばいいと思いますが」
筑紫「考えが根本的にちごうとるばい。……そう言えばクマの話が出なんだが、やはり入れるべきだろう。クマとなるとヒグマとツキノワグマか。体もおおきいし見た目もええ」
阿波「ヒグマは蝦夷にしかおらんし、蝦夷代表が欠席しとるけん、無視しまひょうで」
難波「ツキノワグマも出さんでええでしょう。それにクマを出すなら金太郎も」
江戸「金太郎は人間です。人を十二支に入れるなんて、とんでもないですよ。ところでヘビは人気がないようですが」
若狭「ヘビ――長すぎる。あれッ、これはだれかが言うとったかしらん」

筑紫「ヘビは宗教的な意味で入れてあると。おい、なんばしようとや」
阿波「ヘビと聞いただけで気色悪うて」
難波「踊らんでもええやないか」
仙台「おらも、はあ、ヘビはどうも。まだカメのほうが」
阿波「ほうじゃ、ほうじゃ。ヘビやめてカメにしまひょ。とぼけた味もあるしな」
若狭「カメ——亀頭、……しか思い浮かばないわ」
江戸「カメを入れると、ウサギが怒らないでしょうか」
阿波「犬猿の仲のイヌとサルも同席しとるし、問題は起きん思いますけんど。カメはええなあ。ほれにおめでたい。ツルは千年カメは万年言うくらいやけん」
筑紫「ツルとカメを組んで入れるなら、手ば打っちゃる。ツルの一声。高雅で気品があるたい。ニワトリよりよっぽどよか」
江戸「ここら辺りで煮詰めたいと思います。取捨選択の基準ですが、原則としてこの国土の産。滅んだ動物や、その結果として架空と考えられているものは除く。例えばホウオウとかカッパですね。どうでしょう」
難波「数ゆうことも考えなあかん思うねん。さっきも言うたが、サカナとかムシ」
筑紫「短命すぎる」
難波「サルやイヌ、ツルやカメにしたかて、わいらからすれば、短命でっせ」

江戸「十二支に関係あるのは人間ですから、人間の基準にあわせてやったらどうでしょうか」
難波「たしかにムシは短命かもしれん。そやけど毎年生まれますわな。すると個々の生命とは別種の、種族としての存在感ゆうもんに変質する訳やから。となると入れたいやおまへんか」
仙台「おらにはなんのことだか」
難波「人間はアリをアリとしか見ておらん、アリとしか感じとらんゆうことやねん」
筑紫「虫けら、それも選りに選ってアリを入れるとは、非常識極まりなか」
若狭「トンボ、チョウチョもトリのうち」
難波「虫ムシゆうけど、アキツのとなめするがごとし、つまりトンボが交尾しているようだというので、この国のことを秋津洲言うくらいやから」
若狭「トンボ――尻切れトンボ」
江戸「その件についてはのちほど考えてみたいと思いますが。……あッ、阿波さんどうなさいました。土下座なんかして」
阿波「みなさん方、お願いです。ネコ入れてください。ネコ入れてくれたら、二次会の払い、わいが持ちますけん」
筑紫「なして、そげんこだわるとか。自分でヒゲ伸ばして、ニャーと鳴けばよかろう」

阿波「ネコはわれわれの生活に見事に溶けこみながら野性を残しており、常に自分を喪いません。イヌのように主人の顔色を窺いながら尻尾を振るという、奴隷根性は爪の垢ほどもありません」
筑紫「忠実やけん、イヌは可愛いか」
阿波「ネコが外されたら帰れん。家に入れてもらえん」
難波「泣かんでもええやないか」
江戸「どうですか、トラの代わりにネコ入れるのは」
筑紫「家に入れてもらえんとは情けない。ええか阿波、女房ゆうもんは甘やかしたらいかんのじゃ。男は『風呂、飯、寝る』の三つだけ言うとればよか」
難波「阿波はんの言わはるのも一理ありまっせ。トラの実物見たことない者がほとんどやから、トラの代わりにネコ入れてもええやおまへんか」
江戸「仙台さんはどうですか」
仙台「まあ、ヘビやめてカメ入れるんなら、ネコに賛成だ」
筑紫「こいつら、馴れあいでやっとる」
江戸「多数決でネコを加えることにします」
難波「また、阿波が踊っとるがな」
阿波「うれしさを体で表現せんとおれん性質で」

江戸「今まで出ました意見を整理しますと、次のようになります。ネズミ、ウシ、ネコ、ウサギ、アユ、カメ、ウマ、シカ、サル、ツル、イヌ、イノシシ」
阿波「イノシシはちょっと、最後を飾るにはふさわしくないんちゃいますか」
筑紫「猪突猛進っちゅう。男らしか」
阿波「かと言うてブタもどうも」
若狭「ブタ——豚に念仏。豚の軽業」
江戸「一度も話題に上らなかったのはサルですが、問題がないということですね。イヌも捨てられない。ウマも否定の意見が出ませんでしたが、いかがでしょう」
仙台「エゾウマとキソウマと、どっちにするか揉めませんかね」
難波「蝦夷は欠席しとるから、キソウマでええ思いますが。トカラウマ、都井岬のミサキウマなんかもいるにはいるが、無視してもだれも文句は言わんだろう。念のため単にウマとしよう。それより江戸はん、あんたちっとも自分の意見言わんなあ」
江戸「わたくしは進行役のまとめ役ですので、個人としての意見は」
難波「欠席が多いんや、しゃっちょこばることないがな」
筑紫「八百万の神々の総代ゆうことを忘れたらいかん」
仙台「八百万つうても実数は、はあ、惨めなもんだ。二重登録とか幽霊会員も多いし、帳簿の操作で帳尻あわせとるだけだ。それだけでねえ、会費の滞納者が」

難波「あッ、そらまたべつの問題やおまへんか。ええと、ウマの話でおましたかいな」
筑紫「ウマはケリが付いとる。そんなことより、滞納の問題が重大だろうが。看過できんぞ」
難波「あんまり混乱させんといてほしい。いま話しおうとる問題を片付けようやないか」
筑紫「わしはなにも名指しで攻撃しとらん。それに畿内総代のおまんが、滞納する訳がなかろうが」
難波「そういう皮肉は、名指ししたも同然ちゅうんじゃ。気に喰わんやっちゃなあ。言葉と気持が裏腹やないけ」
筑紫「やましいことがあるけん、そげん感じるったい」
難波「おうおう、われ、なんちゅう口利くんじゃ。わいをだれやと思とんじゃ。河内(かわち)のシャモの異名で知られた土地の顔やぞ」
筑紫「シャモかチャボか知らんばってん。わしは玄界灘(げんかいなだ)の荒波で肌を鍛えた九州男児ばい。……おい、なんばすっとか」
難波「口でするんは女の喧嘩じゃ。サシでこい。表へ出んかい」
仙台「まあまあ、まんずまんず」
若狭「喧嘩は両成敗。夫婦喧嘩は犬も喰わない」
難波「その見てくれの悪いドタマ、西瓜(すいか)のように割ったろか。脳みそチューチュー、音立てて吸うたろか」
阿波「いかん、目が据わっとる」
難波「耳から指突っこんで、奥歯ガタガタ言わしたろうか」
仙台「もし、座長」
江戸「べらぼうめ、子供の喧嘩にいい齢（とし）した大人が口出しできるけえ」
筑紫「なんて言うた。子供の喧嘩じゃと。聞き捨てならん」
難波「まとめて相手になったろうやないけ。こうなりゃ、一人殺すも二人殺すもおんなじことじゃ」
江戸「おうおう、おとなしく下手（したて）に出てりゃ調子に乗りやがって、この彫り物が目に入らねえか」
若狭「わあ、柔肌に桜吹雪やなんて、なんてなんてなんて色っぽい。お姉さま素敵」
難波「えッ、若狭はんは女やったんかいな。はちゃー」
阿波「えらいやっちゃえらいやっちゃ、よいよいよいよい……」

五

顔の斜めまえで調子を取って両手を振り動かしてから、夕七は石にでもなったかのように静止した。それればかりではない。瞬きもしなければ、呼吸さえしていないのではないかと思うほどであった。

信吾はそんな夕七を息もせずに見詰めていた。押夢も波乃も自分とおなじ状況であるのが、二人に目をやらなくてもわかる。

「阿波の盆踊り。近ごろでは阿波踊りと呼ばれて知られるようになったそうですけんど、夢はそこで終わりましたんや。お粗末さんでした」

夕七の言葉で一瞬にして緊張が解け、三人が同時に深い息を吐いた。夕七が言葉を続けようとしたとき、押夢がおおきく広げた両掌をかれの顔のまえに差し出した。

「しばらくお待ちいただきたい」

押夢は夕七を、続いて信吾と波乃を見て、わずかにだが頭をさげた。

「なにもおっしゃらずに、お時間をいただきたいのです。迷惑をお掛けして申し訳ないですが、四半刻も掛からないと思いますので」

三人が訳のわからぬままに了承すると、押夢は体の横に置いた頭陀袋から手控帳と矢立を取り出した。夕七の話した内容の要点を、控えておきたいのだとわかった。

そう言えば狂歌の宗匠の柳風もそうだったし、日本橋の書肆「耕人堂」の若き番頭志吾郎も、矢立と手控帳を入れた頭陀袋を常に持ち歩いていた。いや信吾も、志吾郎に頼まれた将棋上達の秘訣に関する本のため、それらを手放せなくなっていたのである。

「押夢さん、そちらをお使いください。料紙も十分にありますので」

信吾が障子の手前に置かれた文机を示すと、意図を汲んだ波乃が立ちあがった。

「すぐ水をお持ちします」

矢立の墨だけでは多くは書けないので、硯で墨を磨りましょうと言ったのである。

「畏れ入ります」

そう言った押夢の視線が定まらないままであったのは、思いを、あるいは考えを纏めているからにちがいない。

もどった波乃が硯に水を注いで墨を磨り始めた。たちまち爽やかな香りが漂う。

「それでは」

文机のまえを離れた波乃と夕七をうながして、信吾は六畳間に移った。押夢が気を散らすことなく覚え書きを執れるようにとの配慮だ。押夢は黙って一礼した。

薄暗い六畳間に移った三人は、襖から離れて座を占めた。襖は四枚のうち二枚は閉められているので姿は見えず、押夢の邪魔になることはないはずだ。戯作者がなにをしようとしているかは明らかなので、三人は沈黙を守った。

波乃は正座して腿に両手を置き、膝先の畳に目を落としている。夕七は職人らしく胡坐をかいて、腕を両膝に突っ張っていた。信吾は正座して両腕を組むと目を閉じた。

押夢は四半刻と言ったが、小声であったとしても押夢の気は散るだろうから、黙ってひたすら待つしかないのだ。

だが目を閉じるなり、たちまちにしてさまざまな思いが頭と胸を占めてしまった。夕七の語り終えた「十二支の改訂」の内容が、ほんの数日まえに波乃といっしょに聞いたものと、ほとんどちがってはいないことに信吾は気付いて驚嘆した。

まさに衝撃であった。何日か経っているために、寸分たがわぬということはない。ただ印象の強かった部分はしっかりと頭に残っていたので、それに関しては見事に符合していた。となると夕七が顳顬を指差して、「すっかり刻みこまれちょりますから」と言ったのは、あながち大袈裟でもなかったのだ。

さらさらと聞こえるのは、紙の上を筆が走る微かな音である。音が途切れることがないのは、押夢が溢れる思いをひたすら筆記しているからだ。夕七の話が、それだけ強い刺激を与えたということである。

あるいは押夢は夕七の話を、戯作にまとめる気になったのかもしれない。思うと同時に、べつの考えがおおきく膨らみ始めた。

夕七が練りに練って話を作りあげ、それを頭に叩きこんで憶えてしまったと考えられなくもない。役者が台詞を暗記するように。だから先日、信吾が波乃といっしょに聞いたままを、押夢をまえにしても繰り返すことができたのではないだろうか。

以前、押夢がおもしろがりはしたものの、戯作にしなかったのはこんな話である。

七月七日の夕刻七ッ生まれの夕七は七という数字に付き纏われたが、椙森神社の一等千両の中り籤を買い損ねてしまった。作り話だと押夢は見破っていたが、それがために執筆に至らなかったのではない。本にまとめるには平板すぎて、心を揺り動かすものに欠けるというのが、その理由だとのことであった。

押夢が作り話だと言ったことを信吾は伝えていないが、夕七は懸命に考えて、かれなりになにかを感じたにちがいない。であれば人気戯作者となった寸瑕亭押夢が、なんとしても書かずにいられない話を作ってやろうじゃないか、と心に決めたとしてもふしぎはないのだ。

そのように考える根拠として、日本各地の神々の総代による議論という設定がある。各地を渡り歩いた末に、今戸焼の窯元の婿養子となった夕七だからこその発想だと言えないだろうか。

それと各地の言葉や訛は、前回に較べてなんとなくだがわかりやすい気がした。夕七は一箇所に長くいた訳ではなさそうなので、いかにもそれらしく喋っているだけかもしれなかった。

もっとも、夕七がなんとか押夢が戯作化するような話をしたいと願うあまり、その熱意が「十二支の改訂」という夢に結実したと考えられなくはない。夕七の作り話だと、一概に決め付けてはならないのである。

浅草で生まれ育った信吾は、江戸を出たことはなかったが、各地から来た人たちと触れあってきた。しかし信吾が耳にした段階で、言葉はその人の故郷のままとは言えないのではないだろうか。言ったことが通じないで笑われたりしているうちに、言葉は微妙に、ときに大幅に変化するはずだ。

それに関して押夢はどう感じるだろうか。あるいは言葉を操る戯作者にとって、それらは些細なことなのかもしれない。問題は話の内容であって、言葉などはいざとなればどうとでもなるという気もする。

将棋会所の家主である甚兵衛は職種には触れなかったが、押夢はかつて屋号が銀竹屋のあるじだったと言ったことがある。押夢本人は息子に家業を譲り、以後は楽しい話を聞くのを趣味に生きていると言った。戯作者になろうとしていたのを信吾が知ったのは、のちに押夢の本が出てからである。

「どうも、長々とお待たせして申し訳ありませんでした」

雑念が心のうちで渦を捲いているうちに、四半刻がすぎたようだ。信吾は夕七と波乃をうながして八畳間に移った。まだ墨が乾いていないからだろう、文机の上には開いたままの手控帳が置かれている。細かな字がびっしりと書きこまれていた。

信吾は一番気になっていたことから切り出した。

「夕七さんには夢に見たとおりを、なるべくそのまま繰り返してもらいましてね。一切の説明は抜きで再現してもらいましたので、押夢さんは神さまを混同なさるとか、語っているのがどの神さまかわからないところが、あったのではないかと思うのですが」

「いいえ、戸惑うほどのことはありませんでしたよ」

「江戸や難波、それに筑紫辺りは判断しやすいかもしれませんが阿波、仙台、若狭などは区別しにくい部分もあったのではないかと、気になっていました」

「若狭は引用癖があるのと、正面を向いて一本調子に喋るので一番わかりやすかったです。阿波と仙台二人の遣り取りがけっこうあって、どっちがどっちかわからないところもありましたが、あれは入れ替えても特に問題のない部分でしょう。ただ、てまえには仙台出身の知りあいがいるのですが、夕七さんの話に出てくる仙台言葉はまるであちらの言葉らしくありません。噺家が田舎の人物らしさを出すときに、どこの出か特定できないようにして、田舎言葉や喋り口とすることがあるようですが」

「ええ、それはわたしも感じていました」

「たしかにどの神さまか判断できない部分もありましたが、だれの言葉でも大勢に影響がないところでしたから。信吾さんに気を遣っていただくほどでもなかったと思います」

「それを伺って安心しました」

「若狭の引用癖もそうですが、難波と筑紫の反りがあわないさまとか、ちゃんとメリハりは付いていたと思いますよ。座長の江戸は話が絶えず横道に逸れそうになるのを修正していましたし、阿波と仙台はちょっとしたことで調子に乗ってはしゃぎますしね。それより」と、押夢はわずかにだが表情を引き締めた。「夕七さんはこの話を信吾さんと波乃さん、それにてまえのほかのだれかに話されましたでしょうか」

名指しされはしても、夕七には少しも緊張が見られなかった。

「いんや、自分の見た夢ですけ、だれかれに話すって訳にはいかんとですよ」

「それを伺って安心しました。でしたら当分は、だれにも話さないでもらいたいのですけれど」

押夢は体を三人に背けるようにして、懐に手を入れた。しばらく手を動かしていたが、やがて紙の包みを取り出して夕七のまえに滑らせた。当然だが金だと見当が付く。となると、押夢が今の話を戯作化するということにほかならない。

六

夕七は思わずというふうに信吾と波乃を見たが、その顔は輝いて見えた。押夢も当然だがそれに気付いたようである。

「もちろんお願いであって、どうしてもそうしてもらわなければ困るというのではありませんし、そこまで強いることはできませんからね。それに」と、押夢は包みに目を遣った。「手付と言うのも恥ずかしいほどのわずかな額です。わたしはできればなんとかしたいと思っていますけれど、本にできるかどうかはまだわかりません。ですが、なにかの事情で夕七さんのお話を知ってだれかが先に書いてしまえば、その人の勝ちとなりますので、できればそれは避けたいのです」

夕七が困惑しきった顔になったので、信吾は思わずというふうに訊いてしまった。

「なにかと事情があって、本にはしにくい部分や都合があるということでしょうか」

「形にしたいとあれこれ考えを巡らせたのですが、どうなるのか、どうすべきかがはっきりしませんでね。ですからてまえとしては考えが纏まるまでのあいだ、どなたにも話さないでいただきたいとお願いするしかない次第でして」

現時点では、押夢としてはそう言うしかないということなのだ。だが信吾は、前回の数字の七に絡んだ話のときと比較すれば、可能性はかなり高いと感じた。

その辺の判断が付かなくて、夕七は困惑しているらしい。

「押夢先生のことですから、大船に乗ったつもりでいていいと思いますよ、夕七さん」

「先生はなしでしょう。夕七さんに信吾さん、それに押夢で、気楽に付きあっていただきたいと、最初のときに話したじゃないですか」と信吾に言ってから、押夢は夕七に笑い掛けた。「期待されては困るのですが、しばらくのあいだお時間をいただきたいのです。と申して夕七さんにすれば、いつまでも待つって訳にはいきませんよね」

「いやあ、そげんこつは」

そう言ったものの、夕七の表情は先ほどよりは硬く感じられた。

「そうですね」と、押夢は目を閉じてから言った。「二、三ヶ月、長くても半年のうちには返辞をさせていただきます。ですので、それまで我慢してもらいたいのです」

「いんや、もっと長うてもあっしは待ちます。待たせてもらいますけん」

「と言うことで、その日を楽しみに待ちましょう。となれば祝杯、いや前祝いの一杯ということになりますが」と、信吾は盃を取って飲み乾した。「話に夢中になっていて、すっかり冷めてしまったね」

「燗を付け直しますから」

波乃がそう言ったので、信吾は押夢と夕七に笑い掛けた。

「宮戸屋の女将の話では伊丹の極上物なので、冷でも十分いただけるとのことですが、燗を付けたほうがいいでしょう」

信吾は母の繁を宮戸屋の女将と言ったが、当然だが押夢も夕七もそれは知ってのことだ。

「訊くだけ野暮ってもんだあな、席亭さん、じゃなかった信吾さん」

盆の上には銚子が三本立てられているが、最初にそれぞれの盃に注いだだけなので、まだほとんど残ったままであった。

「呑みさしはこのままいただくから、あと何本か付けて」と波乃に頼んでから、信吾は付け足した。「銚子じゃなくて二合徳利(どっくり)でね。夕七さんは相当な酒豪だから、銚子じゃ間にあわなくなる」

「いんや、信吾さん。少々呑めるっちゅうたんは、あっしではのうて土佐(とさ)の知りあいのこってね」

「少々の酒で酔っ払う気遣いはない、と夕七さんはおっしゃいましたよ。少々は升と升で二升、多少はそれより多いから三升以上なんでしょう」

「相談屋さんともあろうお方が、人の言うことを真に受けちゃいけませんぜ」

「そのいい方ですと、相談屋は常に人の言うことを勘繰っているみたいではないですか」

立ってお勝手に向かおうとした波乃が軽く首を傾(かし)げたので、信吾は二合徳利を何本かでいいとの意味でうなずいて見せた。

「夕七さんはですね、今回のような」と、押夢が言った。「けっこう長いのに、頭にしっかり残っているという意味ですが、そういう夢をよく見られるのですか」

「うんにゃ、初めてでやんしてね。自分でもぶっ魂消(たまげ)ておりゃんすよ。頭は良くねえのに長々と憶えてられるなんて、自分でも信じられん。いってえなにがあったのか、前世でよっぽど悪いことをしたんじゃねえか、なんて思いましてね。因果だとすりゃ、諦めるしかねえんでしょうが」

「そうでしたか。そうでしょうね」

「なんだか納得されたみてえだが、どういうこったね」

「いえね。随分と長い話ですが、それだけじゃないですから」

夕七だけでなく信吾も首を傾げたので、押夢は苦笑して続けた。

「神さまが何人も出てきて、銘々が勝手なことを言う。それはいいとして、話が筋道立っていないでしょう。いろんな人やできごとが絡まりあって次第に盛りあがり、どんでん返しなどがあって物語が終わるというのではありません。団子の串刺しと言って、おなじような感じの話が連なっています。こういう場合に繰り返して話すと、大抵は団子、つまり話の塊の順番をまちがえるものなんですよ。これは夕七さんより、信吾さんに訊いたほうがいいかもしれませんが」

押夢は信吾に、数日のうちにおなじ話を二度聞いているが、話の順にちがったところはなかったかと訊いた。

「といって昨日の今日じゃないですから、細かなこと、話の順番のことまでは憶えておられんでしょうね」

「ところが常陸国は大洗、とんだ大笑いでしてね。おっと失礼、ある人の口癖の駄洒落が出てしまいました」

名前は出さなかったが、ある人とは岡っ引の権六親分である。

実は寸分たがわぬとまでは言わないが、自分の記憶としては、まったくおなじだと感じたほどで、いまだに信じられぬ思いでいると信吾は答えた。

「そのことなんですけれど」と、押夢は考え考え言った。「稀に、ごく稀にですが、けっこう長い唄や詩なんかを、一度聞いたり読んだりしただけで憶えられる人がいるそうなんです。ですが四半刻かそれに近い物語を、しかも夢に見ただけで夕七さんはすっかり憶えてしまわれたとのことですから、いやはや」

口にはしなかったが、押夢も信吾とおなじ疑念を抱いたようだ。夕七は話を練りあげてから、繰り返し頭に叩きこんだのではないか、と言いたいらしい。

「唐土の古い本にも、そんなことは出ていませんしね。もっとも、てまえの読んだ数はかぎられていますが、でもこういうことは多くの人が関心を抱きますから、知ったらなにかに書かずにいられないと思います。ところがお目に掛かったことがありません。夢に見たことをそっくり憶えておられるという、夕七さんは稀有なお方です。もしかすればこれまでにもおなじようなこと、つまり目覚めても初めから終わりまで、夢をすっかり憶えておられたことがあったのではないかと思ったのです。ところが初めてだとおっしゃる。『十二支の改訂』ほど長くなく、出てくる人が少なくても、やはりなかったのですね」

「ねえんですよ。だから、なんかの因果かもしんねえと」

「話が弾んでいるにしては、みなさん難しそうな顔をなさっていますね」

声を掛けながら波乃が八畳間に入って来た。燗が付いたばかりの二合徳利が三本、角盆に載せられている。大黒柱を中心にして四つの部屋が田の字に配された平屋なので、お勝手に居ても波乃はおおよそのことは耳にしていたはずだ。

「でしたらお酒で、咽喉と心をほぐしてくださいな」

「波乃は飲み屋の女将になれるね。それも腕っこきの女将に。呑みさしの燗冷ましを呑み終えたところに、ちゃんと燗の付いた徳利を持って来るんだから」

「あら、女将になれるとの話でしたら、何度か聞いておりますよ」

「それにしても今日は、実りの多い日となりました」と押夢が盃を空けたので、波乃が注いだ。「夕七さんのおもしろいお話が聞けたと思ったら、そのあとも負けずに楽しい話になりましたから」

「となると、残念です」

信吾の言葉に、押夢と夕七は怪訝な顔になった。

「将棋会所のお客さんたちに、夕七さんのお話を聞いていただく席を設けようと思っていたんですが、駄目になってしまいました」

「えッ、どうゆうことですかいな」

「夕七さんは押夢さんと約束なさったじゃありませんか、返辞があるまではだれにも話さないって」

「約束は守りますよ、男ですけんね」

「本当に大丈夫でしょうね」

「だ、大丈夫ですってば」

波乃が噴き出したのは、その言い方が小僧の常吉にそっくりだったからだろう。

「変なことをお訊きしますが、夕七さんは寝言はおっしゃらないのですか」

真顔で波乃が問うた意味がわからないからだろう、夕七は戸惑ったような顔になった。

「寝言かいね。たまに言うみてえで、女房に揺り起こされたことがありゃんすよ。にこにこ顔でなにか言ってたけど、どんな夢を見たのって。見ちゃいねえって言っても、信じねえんですよ。きっと女の人のことだから言えないんだって」

「となるとたいへんですよ。さっき押夢先生に聞いていただいた『十二支の改訂』ですけど、寝言しないでくださいね、夕七さん。奥さんが聞いていて、おもしろいからってどなたかに話したら、押夢先生との男と男の約束を破ることになりますから。だけど寝言を言ったかどうか、ご本人の夕七さんにはわからないですよね」

顔色を変えた夕七を見て押夢が大笑いした。

「波乃さんも人が悪い。夕七さんを脅しちゃいけませんよ」

「いえ、万が一のことを考えて」

「夕七さん、心配しなさんな。もしも寝言でさっきの話をそっくり話しても、奥さんは何人もが四半刻も話したことを、なにからなにまで憶えていられる訳がありませんから。たくさんの人がおもしろいことを話していた、くらいしか言えないと思います。夢の話は頭にしっかり刻みこまれたままで、夕七さんが話さないかぎりだれも知ることができないのですからね」

「今回の夢はほんのきっかけで、夕七さんは『十二支の改訂』に負けないほどおもしろい、とんでもない夢を次々と見るかもしれませんよ」

　信吾がそう言うと押夢が拳で胸を叩いた。

「そのときはおまかせを。夕七さんの夢をこの寸瑕亭押夢が、見事に夢物語に仕立てますから。もっともそのまえに、十二支の話を書きあげねばなりませんが」

　始まりが夢という事情もあったのだろうが、酒が入ったことで話は弾んだ。信吾としては夕七の痛快なというか、へんてこ極まりない話を押夢に繋ぎ、戯作となる可能性がかなりあるとのことで、おおいに満足できたのであった。

七

翌日の夜のことだ。食事を終えてほどなく、信吾が八畳の表座敷で手控帳を見直していると、波乃が思いもしなかった人を招き入れた。

「まさか、まさか、まさか。押夢さんがお越しになるとは」

思わず繰り返してしまったが、とにもかくにも予想もできなかったのである。

「すぐにお酒の用意をいたしますね」

波乃がそう言うと、押夢はちいさく首を振った。

「申し訳ないですが、お茶にしていただけますか。できたら濃いめ、苦めで願います。楽しかったというより、楽しすぎたのと、上等の下り酒ということもあったのでしょうが、昨夜はついすごしてしまいましてね。お蔭でひどい二日酔いでして」

波乃に見られて信吾はうなずいた。

「おなじく」

まえに信吾は、報告に行きながら波乃の両親や姉夫婦のまえで言葉に詰まって、思わず「右におなじく」と洩らしたことがあった。それからというもの信吾が言い淀むことがあると、波乃はおもしろがってそれを持ち出すようになったのである。だから信吾もときにそう言うことがあるが、今回はまさにそのひと言しか考えられなかった。

「一合で赤くなって二合で酔っ払うのに、昨夜は三合を超えましたからね。元気なのは夕七さんだけじゃないですか」

信吾がそう言うと、押夢はおおきくうなずいた。

「それにしても強いですよ、あのお方は。多少が多升で、少々より多い三升ですからね。言葉の遊びだろうと思っていたら、随分と飲みましたもの。『もう駄目でやんす。とっくに限度を超えてしもうたがな。これじゃ、明日は仕事にならなくておん出されますけえ。入り婿の立場も考えてもらわなくちゃ』などとぼやき続けながらですから、すごいと言うしかない」

「でも、お酒が強いお蔭で夕七さんはお嫁さんをもらえたなんて、とても信じられませんでした。普通の父親だったら、そんな大酒呑みに大事な娘をやることはできん、となりますもの」

波乃の言葉に信吾はにやりとなった。

「形の上ではそうなっているけれど、あれには裏があってね」

「裏ですって」

「夕七さんの深謀遠慮が」

「あら、どういうことでしょう」

口には出さなかったが、押夢もおなじ疑問を抱いたようであった。

「各地を転々とした夕七さんが、この人だとねらいを付けたのだから、おそらくたいへんな美人で、頭もよくて、しかも優しいとか、温かいとか、ともかく素晴らしいのひと言に尽きる女の人だと思うよ、夕七さんのお嫁さんは。残念ながらまだ会ったことはないけどね。となると夕七さんは、なんとしても嫁にしたいと思うだろう」

「なんだか、信吾さんのほうがお嫁にほしそうですね」

「わたしは、それよりずっとすばらしい人に巡り逢えたからね」

「ありがとうございます信吾さん、楽しいお話を。お蔭で二日酔いも吹っ飛びましたよ」

「いけない。押夢さんに内緒話を聞かれてしまった」

「酔っ払ったというのは本当のようですね」と、波乃は首を振った。「それより、夕七さんの深謀遠慮とやらを聞かせてくださいな」

「夕七さんは父親に気に入られたらしいと感じたから、素早く手を打ったんだ」

「どんな手ですか」

「奥の手」

「それじゃわかりません」

「親父さんが酒に強いってことを繰り返し強調してから、娘さんを嫁にほしいと持ち掛けたんだ。大事な娘を、知りあって間もない若僧にくれてやる訳にはいかん。父親は当然だがそう言う。そこで勝負に勝ったらくれますか、と持ち掛けたんだよ。相手が簡単に受ける訳がない。そんなことは夕七さんは見越している。わたしが若いので勝てる自信がないのでしょう、と揺さぶりを掛けたはずだ。なんの勝負かによるな、と仕方なく父親は答える。そこで夕七さんは切り札を出した。相手が絶対に受けるしかない札だ。なんだと思う」

波乃を、そして押夢を見たが、二人とも首を振った。

「酒の飲み較べだよ」

「それで父親が酒に強いことを、繰り返しておいたのね」

「夕七さんのねらいどおり父親は勝負に乗ったから、作戦は見事に当たって夕七さんが勝った。ところが事は簡単には運ばない」

「なにか問題があるのですか。だって、勝負をして勝ったのでしょう」

「父親が切り札を出した。一人娘だし、十年前に女房を亡くしてからは後添いをもらわずに男手一つで育ててきたので、嫁にやる訳にはいかん」

「それは最初からわかっていたことじゃないですか。約束がちがうと言わなかったんですか、夕七さんは」

「あの人がそんなことを言う訳がない。父親と喧嘩になって決裂したら、この人しかいないと思った人と夫婦になれないんだからね」

「だって、どうしようもないでしょう」

「普通の人なら尻尾を捲いただろうが、そこは夕七さんだ。なんでもないというふうに言った。だったら、あっしか、おいらか、わしか、おいどんか、てまえかは知らないけれど、この夕七が婿養子になればすむことではないですか。娘さんといっしょになれるなら、田舎の親や親戚とは縁を切ってもいいですからと詰め寄れば、親父さんはグウの音も出ないだろう」

「でも相手の娘さんが、あたし厭よと言えばそれまでですよ」

「波乃は夕七さんが、深謀遠慮の人だということを忘れているね。あの人なら目と目の遣り取りから、とっくに相手が自分に気のあることを見極めていたはずだよ」

「すごい。でも本当からしら。そうか。そうに決まってる。信吾さんは夕七さんから、そのことを聞いていたんでしょう」

「とんでもない。じゃないかと思ったんだけどね」

「まあ、ひどい」

「だけど自信はあるんだ。夕七さんが常連になってからこれまで、途切れ途切れに、ぽつりぽつりと洩らしたことを繋ぎあわせると、そうとしか考えられないんだよ」

パチパチと手を叩いたのは押夢であった。

「ねえ、これですよ。まえにも言いましたけど、信吾さんは物書きになれますね。あなたならかならず成功します。ええ、てまえが保証しますから」

「それより、押夢さんがお見えになったのは、大事な話があったからなのではないですか」

「ええ、実は」

「するとと、やはり」

「そうなんですよ。昨日の今日なので気恥ずかしくはあったのですが、ちゃんと伝えておかないと落ち着きませんでね」

やはり戯作化の件だが、信吾の期待とは逆ということなのだろうと、押夢の胸の裡を推し量った。

夕七の話を聞き、信吾や波乃を交えての話では、三人の気が昂ぶっていたこともあって、その気になっていたことは否めない。ところが一人になって改めて検討してみると、あらゆる面から可能性を探っても、どうにも形になりそうにないと結論したのだろう。となれば二、三ヶ月とか、半年とかぎっても意味がない。むしろできもしないのにそこまで引き延ばしてから返辞をするのは、どう考えても誠意がなさすぎる。であればちゃんと伝えておくべきだ、そう心を決めてやって来たにちがいない。

「夕七さんの夢の話をお聞きするなり、書くことは決めていたのです。それをお伝えしておこうと思いまして」

思わず「えッ」と出掛かった声を、なんとか信吾は呑みこんだ。

「ただ、いろんな思いが胸の裡で渦を捲きましてね。どの方法を採れば夕七さんの話がもっとも活きるだろうかと、ああでもないこうでもないと思っているうちに、収拾が付かなくなってしまったのですよ。だから考えが纏まるまで、待っていただかなくてはと」

「そうですか。するともう、夕七さんがあの話をだれかにしても、かまわないということですね」

「ちょっと待ってください。夕七さんが話して、おもしろいと噂になりますと、そのあとで出た本は、真似したように思われるのではないですか」

「いえ、すぐにだれかに話すという訳ではありません」

　押夢が気にするのは当然かもしれない。信吾は素早く思いを巡らせたが、すると閃きがあった。

「夕七さんが将棋会所の常連だということは、押夢さんはご存じでしょう。毎年正月の四日に会所開きをしましてね。年明けということもあって、雑談しながら酒肴を楽しんで交誼を結びます」

　前年暮れにおこなわれた将棋大会での好勝負、また各自の抱負、めきめき腕をあげている子供客、力を付けた若手などが話題になるが、恒例の指し初めもあった。盛りあがって勝負はどうなるかわからないというところで引き分けとし、勝ち負けなしでめでたしめでたしとする。中には勝負に拘る者もいて、指し掛けにしておき、翌日、その続きから始めて勝ち負けを付けることがあった。

「会所開きの折に例の『十二支の改訂』を話してもらったら、常連さんに楽しんでもらえるはずです。そのとき、この話はほどなく刊行される寸暇亭押夢先生の、……書名はお決まりですか」

「いいえ、書名も書肆も。だってどういう本にするかすら、決まってはいないのですから」

「二ヶ月ほどありますから、それまでに決まれば教えてください」

「とんだ藪蛇になってしまいましたね。これなら黙って半年待ってもらうのだった」と、押夢は苦笑しながら頭を掻いた。「ですが二ヶ月先となると、べつのことが心配ですよ」

「と申されますと」

「けっこうややこしい話の連続ですから、二ヶ月が経っても憶えてられますかね」

「夕七さんは頭に刻みこまれていると言っていましたし、わたしは数日のうちに二度聞きましたが、ほとんどおなじでしたから、問題ないと思いますけど」

「でも間が空きますからね。年明けの会所開きのめでたい日でしょう。団子の串刺しのような話ですから、途中で順番がわからなくなったり、まちがえて狼狽するようなことがあると、会所開きが台なしになってしまいます」

「それも余興、笑い話として逃げますから」と、信吾は安心させるように言った。「取り越し苦労となりますよ、押夢さん。それに先のことで気に病んでも、仕方がないではありませんか」

「それはそうかもしれませんが」

「ようすを見て、夕七さんには師走に入ってか、将棋大会が終わったころに話しますよ。そうすれば会所開きの席で、話を忘れたりすることはないでしょうから」

余裕たっぷりに言った信吾に安心したらしく、濃い茶を飲み終えると、押夢はそそくさと帰って行った。「十二支の改訂」が気懸かりでならなかったのだろうが、わざわざ伝えに来たことに押夢の誠意を感じて信吾は安心した。

信吾はこれまでの経緯から、夕七に関しては心配していなかった。むしろあれこれと思い悩んでいるらしい押夢のほうを、わずかではあるが心配していたのである。しかし真剣に取り組んでいるのがわかって不安は消し飛び、期待できそうだと胸の高鳴りを覚えずにはいられなかった。

弟よ

一

朝の六ツ半（七時）ごろ宮戸屋の小僧が、正吾が久し振りにいっしょに食事をしたいと信吾と波乃の都合を訊きに来た。できれば信吾たちの家にしてもらいたい、とのことであった。その夜は予定が入っていなかったので、六ツ（六時）に来るように言って駄賃を握らせ小僧を帰した。

みんなで箸を伸ばしながら談笑できるよう、波乃は鱈の鍋を囲むことにした。いつもそうだが、小僧の常吉は食べ終われば将棋会所にもどる。そのため酒はあとで出すことにし、波乃は用意だけしておいた。常吉がいても兄弟で呑むのになんの不都合もないが、奉公人の扱いにけじめをつけたのである。

「あらッ」

波乃が思わずというふうに声を出したのは、正吾が六ツの鐘が鳴ると同時にやって来たからではなかった。一人だったので予定が狂ったからである。一人分をむだにする訳にいかないとなれば、食べ盛りの常吉に頑張ってもらうしかない。

「多めに用意してあるから、遠慮しないでたっぷりお食べなさいね」

波乃がそう言うと常吉は目を輝かせた。

炊き立てのご飯にちゃんとしたおかずが付くのは、大抵の家が朝だけであった。昼と夜はお茶漬けに味噌汁と漬物、ほかに一品でも付けばいいという日々なので、むりもないだろう。

常吉はほとんど喋らず食べることに専念した。しかしいくら食べ盛りと言っても、余分な一人前はさすがに多かったようだ。

「ご馳走さまでした。もうこれ以上はとても入りません。では、みなさま失礼します。お休みなさい」

腹を撫でながら会所にもどろうとした常吉に、波乃が苦笑混じりに注意した。

「ほら、波の上の餌を忘れています。恨まれても知りませんよ」

「あッ、いけない」

番犬の餌皿を手に常吉が土間を出るのを待ってから、三人は表座敷に移った。波乃は燗の付いた銚子と盃を載せた盆を八畳間に運んだ。人肌になるよう、弱火で調節しておいたのである。

波乃が二人の盃を満たしたので、信吾は手に取ると口に含んでから弟に言った。

「書き入れどきだろうに、よく時間が作れたな。実はこっちもゆっくり話したいと思ってはいたけれど、時期的にむりだと諦めていたのだ」

「そりゃ、忙しいったらありませんよ。まるで戦場ですからね。猫の手も借りたいと言いますが、まさにそれです」と言ってから、正吾はにやりと笑った。「ですが忙しいのは板場や、仲居さんと手伝いの女子衆でして。それに奉公人への差配や帳簿付けなどの番頭、次々と雑用を命じられる手代と小僧なんかは天手古舞ですが」

「まるで他人事のようだな」

「わたしと父さんは、母さんに釘を刺されているのです。手伝わなくてもいいから、邪魔をしないでくださいねって」

いかにも商人らしい言い廻しだが、端々にまで気を配らねばならないので、そんなはずがあろう訳がない。波乃もおなじことを感じたらしく正吾に訊いた。

「でも予約の受け付けとかお座敷の調整など、いろいろあるのでしょう。料理屋さんのことはよくわかりませんけれど、大事なお客さまだからなんとか座敷を用意してもらいたいと、お得意さんやお武家からのむりな捻じこみがあるのではないですか。それに隣部屋同士の客が揉め事を起こしたのを仲裁したり、具合の悪くなったお客さまの手当てなども」

「頻繁にある訳じゃありませんし、わたしも近頃は大抵のことなら捌けるようになりましたから」

「頼もしいことを言うじゃないか。そりゃ、正吾はほどなく宮戸屋のあるじになるのだから、親父（おやじ）さんの教え方に抜かりはないと思う。それにしても肩透かしと言うか、ちょっと意外だったな」

「なにがでしょう」

「波乃もそうだけれど、わざわざいっしょに食事をと言ってきた以上、おれは正吾が一人で来るとは思っていなかったのだ」

「えッ、どういうことですか」

正吾は信吾に訊いたが、答えたのは波乃であった。

「たまにはあたしたちとお食事しながら話したいとのことでしたから、当然、含みがあると思うではないですか」

「含みですか。……含みですって。一体なにを」

「一人分多くしたのに、常吉を喜ばせるだけで終わってしまったのですからね。楽しみにしていただけに残念でならないわ」

動作を交えて大袈裟（おおげさ）な言い方をしただけでなく、波乃はわずかにではあるが目を剝（む）いて見せた。

「ちょ、ちょっと待ってくださいよ。えらいことになったな。おなじお江戸のそれも浅草に住みながら、兄さんと義姉（ねえ）さんのおっしゃることが、異国の人の言葉のようにまるっきりわからなくなってしまいました」

「来年のことを言えば鬼が笑うそうだが、正吾は二十歳だろう」

「ええ、今年十九ですから、無事に年を越すことができさえすれば来年は」

「となりゃ両親に紹介するまえに、兄夫婦にこっそり見せようと考えたにちがいないと、だれだって思うはずだよ。わざわざ小僧を寄越して、こちらの都合を訊いてきたとなるとね」

「なにがなんだか、おっしゃる意味がわかりませんが」

「あッ、いけません」と、波乃が両手を突き出して信吾を押し留めようとした。「正吾さんを殴らないでくださいね。わかってらっしゃるのですよ。だけど照れ臭くて、本人はわからぬ振りをしているだけなのですから」

　信吾に殴る気などまるでないのを知りながら、波乃はわざとらしく止めさせる振りをした。正吾は苦笑するしかなかったようだ。老舗料理屋の息子である。「多めに用意しておいたから」と波乃が常吉に言ったとき、事情を察していたにちがいない。あとは知らぬ顔で、兄夫婦との遣り取りを楽しんでいたのだろう。

「わかりました。わかりましたよ。いくら鈍くても、そこまで言われたら厭でもわかります。でも兄さんと義姉さんには申し訳ないですが、残念ながらそんな人はいませんでね」

「まさかと言いたいが、そうなのか。がっかりだな。久し振りにわが弟の得意な顔が見られると思ったのに、糠喜びに終わったのだから」

「わたしはまだ、たっぷりと時間がありますから。兄さんはこうおっしゃったのを覚えていますか。おれは一生、独身を通すことになるかもしれんなって」

「もちろん憶えている。だってあのころは、そうとしか考えられなかった」

「ところが、波乃義姉さんといっしょになったのは二十一歳だった。独身を通すことと二十一歳での妻帯となりますと、これを矛盾と言わずになんとしましょう」

「まさに矛盾だが、独身を通すしかないというのが正直な気持だった。相談屋を始めたがほとんど客は来ないし、将棋会所でなんとか喰い繋いでいる状態だったからな。ところが二十歳という若さで家を出て、相談屋と将棋会所を開いたのはすごいと思う人がいたということだ。だから話はあったが、女房をもらってもとても養えないのを理由に、片っ端から断った」

「だから波乃義姉さんと巡り逢えたというのは、さっきの矛盾よりひどかないですか」

「ひどいと言うしかないが事実だ。片っ端からというほど多くはなかったが、ともかく断り続けた。すると親父とお袋は、本当に信吾は独身を通すしかないのではないかと不安になったようだ」

「だから、波乃義姉さんといっしょになったらどうだと」

「そんなことを言ったら、おれが頑として突っ撥ねることを両親はよく知っている。いくつかあった縁談の中から、会えば互いに気に入るはずだからと、双方の親が会食の席を設けたのだ」

「わたしも同席しましたが、あの会食にはそういう裏の事情があったのですか」

「まあ、予期せぬことが次々と起きはしたが、ほどなく二人はいっしょに暮らすことになった。そんなことより問題は正吾だろうが。周りがなにかとうるさいんじゃないのか。おれの場合とは、おおちがいだろうから」

「ぷふッ」と、波乃が思わずというふうに噴き出した。「信吾さんに、おれはまるで似合いませんね。いつも、てまえかわたしなのに、兄貴ぶっておれだなんて。兄弟だからむりしなくていいのに。あッ、そうか。こういうときこそ、兄貴らしいところを見せたいのでしょう」

「兄さんも義姉さんにかかっちゃ、形無しじゃないですか」

「馬鹿言ってないで。それよりお二人とも、お酒がまるで進んでいませんよ」

波乃は銚子を取りあげると、二人が呑み終えるのを待って盃に酒を満たした。

「おれの場合はともかく」

そう言うと波乃はくすりと笑ったが、信吾は兄貴ぶって「おれ」と言っているのではなかった。妻と弟だけの場では、気分的にそれが一番しっくりくるからだ。

波乃だけでなく正吾も、なにも言わずに次を待っている。

「正吾はそうもいかんものなあ。浅草一の料理屋の、次のあるじになるのが決まっているのだから、いい相手がいさえすればすぐにも式をってことだろう」

「それは少し、いや、かなり先になると思います」

二

「なにも延ばすことはないぞ。おめでたいことは」

「絶対にこの人と思う人がいないのも事実ですけど、父さんも母さんもどうやらひどく反省しているらしくてね」

「反省だって。あの二人とは一番縁のなさそうな言葉だと思うがな、反省は。それより、なにに対して反省しているというのだ。おれには見当もつかないよ」

「両親はわたしに、むりに宮戸屋を継がせることになってしまったから」

「だったら悪いのは、兄のこのおれじゃないか。正吾に押し付けて、宮戸屋をおん出てしまったのだもの。それに正吾は料理屋が好きだから、おれが宮戸屋を継いだらそのうち暖簾(のれん)分けしてもらって、兄弟で競いたいと思っていたと言っただろう」

「それがあのころのわたしの、正直な気持でしたから」

「だからおれは安心して、正吾に宮戸屋を任せられたのだ。もしかすると引き受けはしたものの、実際に親父さんのもとで学び始めると思っていたのとちがいすぎる。あまりにも煩わしいことばかりで、うんざりして投げ出したくなったのか」

「なんだか随分と極端な気がしますが、そのように話を運ぶのが相談屋さんの遣り方なのですか」

「一本取られましたね、信吾さん。それより、自分の言いたいことばかり並べていないで、正吾さんのお話を聞いてあげなくては駄目じゃないですか」

言われて信吾は掌で額を叩いた。

「いけない。親父とお袋が猛反省をしてるってのに、兄がこんなじゃ弟の立つ瀬がないものな。するとこういうことか。仕事に関しては無理強いして、正吾を追い詰めてしまった嫌いがある。となると嫁取りでおなじ轍を踏んではならない。正吾の選んだ娘と添わせてやろう。それまで気長に待つとしようじゃないかと、親父とお袋はそう決めたということだな」

「おそらく」

「親がそこまで寛大になって息子の気持を尊重し、温かくやさしく見守ってくれているのに、息子はまるで期待に応えていないということか」

「兄さんのおっしゃることは極端すぎますよ。それにわたしはまだ十九歳ですからね」

「光陰矢の如し。あっと言う間によぼよぼの爺さんになってしまうぞ」

「今日の信吾さんは、ちょっと変ですよ」

「今日は変と波乃が言うということは、普段はまともってことだな」

「およしなさい。正吾さんが笑っているじゃないですか。それよりご両親のお考えを訊くのが先でしょ」

「ようやく話が本道にもどりました」

　正吾の言葉にうなずいて波乃が言った。

「宮戸屋さんともなれば、それも正吾さんのことだから、たくさんの縁談が持ちこまれていると思うの。でもご両親が一手に引き受けて、正吾さんの耳に入れないようになさっているということではないのですか」

「ええ、そう言われました。嫁取りも大事だが、今はともかく仕事を憶えて、料理屋の主人になることだけを考えろって」

「だけど縁談が直接、正吾さんに持ちこまれることもあると思いますけど。お座敷にはそう頻繁に顔を出さなくても、お客さまの送り迎えはされているのだし、正吾さんは絶えず多くの人に見られていますからね。それにその気になればいつでも、いくらでも会って話せるでしょう」

「それとなく打診されたことはありますけれど、そのようなお話は父と母が伺うことになっておりますのでと、直接聞かないことにしているのです」

「でも、どうしても娘を正吾さんのお嫁さんにと、真剣に考えておられる方も多いのではないかしら」と、波乃がどちらにともなく言った。「相手のご両親は十分な下調べをした上で、正吾さんご本人を見せるため、宮戸屋さんに娘さんを連れて食事に来たと思いますすよ。あの人が若旦那の正吾さんだけど、おまえどうお思いだいと母親に訊かれた娘さんがぽッと頬を染めて、そうかいそれじゃというので人を立てて、正吾さんのご両親に申しこんでいるでしょうね。おそらくは何組も」

「兄さんだけかと思ったら義姉さんまでそうなんだから、まいっちゃいますよ。相談屋をやっていると、どうしてもそういう話の進め方になってしまうようですね」

義弟に真顔で言われて、波乃は苦笑するしかない。

「冗談じゃないんだぞ、正吾」と、信吾も弟に負けず真顔になった。「向こうの親にすれば、娘の一生の幸せに関わることだからな。娘の伴侶となる人は正吾しかいないと決めたら、簡単にあとに退く訳がない。話を持ちこんで駄目ならべつの手を考える。大手を攻め切れぬなら搦手からと言うではないか」

「あッ」

ちいさな叫び声をあげるなり、波乃は慌てて掌で口を塞いだ。

「どうしたんだ、急に」

「信吾さんが、いえあたしもですが、正吾さんの出鼻を挫(くじ)いてしまったのですよ」

「なにを言い出すのだ」

「正吾さんは本当に好きな人が、いっしょになってもいい、いえ、この人と夫婦になりたいという人ができたはずです。だからあたしたちに話しに来たのではありませんか」

　言われて信吾は口をぽかんと開け、正吾は目をまん丸に見開いた。

「あのね、正吾さん。あたしも信吾さんも、正吾さんがその人を連れて来るはずだと思いこんでいたの。だからみんなで囲んで楽しく話せるように鍋料理にしたのだけど、正吾さんが控え目で恥ずかしがりやさんだということを、うっかり忘れていました。鍋を目にした途端にあたしたちの考えていることがわかったので、正吾さんはなにもない状態にもどしたにちがいありません」

　なにか言い掛けた正吾に口を挟ませることなく、波乃はいつにない早口で続けた。まるでこれだけはなんとしても話しておかなければ、とでも言いたげに。

「兄さんに義姉さん、見てください。これがわたしの選んだ人ですって、正吾さんがそんなことをなさるはずがありませんもの。今日は実はこうこうで、こういう経緯(いきさつ)があって、それからこんなことやあんなこともあって、こういう人と好きあうようになりました。まずそこまでを報告するつもりだったのでしょう。そして次に、本人を引きあわせる気持でいたにちがいありません。兄夫婦は相談屋をやっているくらいだから、二人が認めたらご両親も納得してくれるだろうから、その時点で会ってもらう手順を踏もうとしていたと思います」

確信を持ってだろう、そう言い切ると波乃は信吾と正吾にうなずいて、普段のゆったりした口調で続けた。

「それをあたしたちったら、少しも気持を汲み取ることができなかったので、正吾さんはがっかりなさったのだと思うわ」

「義姉さんはまさに相談屋さんですね。その説法だったら、だれだって言い包め、言い負かせますよ。作麼生説破の禅坊主、じゃなかった禅宗のお坊さんだってかなわないでしょう」

「ふふふふふ」と、波乃は愉快でならないという顔になった。「人がそういう小難しい言葉を並べたり、いかにもというふうに話すときはね、図星を指されて追い詰められた焦りからのことが多いのです。相談屋としてお客さんと話していると、相手の気持の流れがまるで手に取るように見えることがあるの。正吾さんは切羽詰まって、冷や汗を掻いているはずです」

「それって、兄さんの悪い影響の受けすぎですよ。まるっきりの牽強付会じゃないですか」

「事ここに到れば、男の子はじたばたしないものなの」

正吾はぽかんと口を開けたが、われに返って信吾に言った。

「兄さん、今の義姉さんの言葉を聞きましたね。いくらなんでもひどかないですか。いえ、ひどすぎますよ。男の子って、わたしは義姉さんと同い年なんですからね。兄さんの嫁さんなので義姉になりますが。ねえ、兄さん、笑ってないでなんとか言ってくださいよ」

信吾と波乃が同時に首を振ったが、言ったのは波乃である。

「正吾さん、いつまでも兄さんに頼っていてはなりませんよ」と、正面から義弟を見据えた。「あたしの目をご覧なさい。義姉の目を見るのです。逸らしては負けを認めたもおなじですからね」

どれくらいそうしていただろう。正吾は、そして波乃は、瞬きもせず、おそらく息も止めていたはずだ。

そのうち正吾が「はあーッ」と、溜まり切った息を一気に吐き出した。それを見て波乃もだが、こちらは長い時間を掛けてゆっくりと吐き出したようだ。

「負けました。義姉さんには、とてもかないません。太刀打ちできませんよ」

正吾がそう言うと同時に、波乃の顔がやさしくやわらかくなった。

「話してくれますね」

「負けた者には、とても拒むことなどできる訳がないでしょう」

そう言って正吾は、長くておおきな溜息を吐いた。

三

「一体、どこのだれなのだ。もしかして、おれや波乃の知っている人じゃないのか」

信吾は身を乗り出し、波乃は両膝に手を置いて背を伸ばした。

「そう、せっかちにならないでくださいよ。話には手順がありますから。義姉さんがおっしゃったように、わたしは控え目というか引っこみ思案な性質かもしれませんけれど、十九歳ですからね。好きな人もいましたし、好かれているなと感じたこともあります」

と、正吾は間を取ってから続けた。「ただそれは、十代の男の子や女の子が抱くような淡い思いだったようです。なんとなくと言うか、どうしてもこの人でなければというのではなくて、ちょっとしたことですぐに気が変わるような」

信吾がなにか言おうとして我慢したのを横目で見て、波乃はすぐに義弟に目をもどした。

「宮戸屋をおまえに任せると父さんに言われたとき、その言葉が胸にドンときましてね。言われるまえとあとでは、なにもかもがまるで変わってしまった気がします」

本来であれば、信吾が味わわねばならぬことであった。

「だって引き継いだわたしの舵取りがうまくいかないと、宮戸屋が立ちいかなくなるだけではありません。奉公人やその家族が、路頭に迷わねばならないことを意味していますからね」

「なにもかもが両肩に、のし掛かってきたということか。おれが正吾に、重荷を背負わせてしまったからな」

「いいえ、兄さんが気になさることはないのです。わたしは、わかっていて引き受けたのですから。ただ父さんから直に言われたときには、たいへんなことなんだなと改めて感じたのですよ」

「それが十七の齢で、やがて三年に近くなる。心身ともに逞しくなって当然だろうな」

「父さんの下でいろいろと教えられましたが、端で見ているのと、実際になにもかも自分でやるのとではおおちがいですね。お蔭でしばらくのあいだは、仕事のことしか考えられませんでした」

「するとあちらのほうは、しばらくお休みになったのですね」

　波乃の「あちらのほう」との言い方に正吾は笑ったが、その笑いには最前より余裕が感じられた。

「お休みというのではないですが、次第に考えが変わった気がします」

「あら、どういうふうにかしら」

「仕事を教わっていて、父さんのすごさが段々とわかってきました。すると母さんもすごい、祖母さまもすごいと思い知らされたのですよ。両親を見ていますとね、料理屋のあるじになるには、惚れた腫れたなんて浮ついた気持でいたら駄目だとわかりました」

「正吾に跡を頼んでよかったよ。ほんの少し聞いただけれど、おれなんかとても料理屋の主人になれないと思い知らされたね」

「あたしも、料理屋の女将なんてとてもできないわ」

「なにを言っているのですか、お二人とも。ご夫婦で相談屋を続けて、たくさんの人の悩みを解決してあげているではないですか。それこそわたしなんかに、相談屋なんて一日も務まりませんよ」

「たしかに、餅は餅屋ってことはあるかもしれない。親父とお袋を見て、正吾はあれこれ考えざるを得なかった。まず、すごいと感じた親父のようにならねばならぬと思ったということだな」

「感じたなんて生易しいものではなくて、痛感しましたよ」

「そしてお袋を見ていて、自分の嫁さん、つまり若女将になる人は、好きだとか惚れたというだけでは決められないと」

「母さんはね、お客さまのことをなにもかもわかっているのです。食べ物の好みはもちろん、それぞれの考え方とか趣味とか、苦手なことなどをよく知っています。ほとんどのお客さまに関してね。その方に楽しんでいただくために、奉公人を動かしているのですが、それだけではありません。すべてのお客さまをおなじように、そして奉公人同士も等しく扱うのです。だれにでもできることではありません。なにもかも知り尽くしているからこそ、できるのだとわかりました」

「ふーッ」と、信吾は思わずというふうに息を洩らした。「そういうことか。なるほど、惚れた腫れたですむことではないな」

「父さんより母さんがすごいというのではないのです。それぞれの役目はちがっていますが、ある意味で宮戸屋は女将が支えていると実感しました」

「それだけに、客も奉公人も取り仕切れる人でないと嫁に迎えられないと」

信吾がそう言うと正吾はうなずいた。

「とてものこと、宮戸屋を維持できないと思います」

正吾は言い切ったが、これは重い問題であった。言うことはよくわかるが、それを推し進めれば、正吾の嫁の候補は限定されてしまうからだ。

「そこそこの商家の娘で、幼いころからその辺の事情に通じていなければならない。となると、料理屋や料亭関係の娘に絞られてしまうだろう」

信吾がそう言うと波乃が異を唱えた。

「でも、それっておかしくありませんか」

「正吾が親父さんの下で学びながら感じたことだから、一概におかしいとは言えないと思うけど」

「そういう面があることは、あたしにもわからなくはありません。ですが人の持ち味はさまざまですし、決めつけるのは良くないと思いますけど」

幼いころからそのような世界で生きてきた人は、知識を有しているだけでなく、さまざまな面で能力を発揮できるかもしれない。だが、それまで外部というか、ちがう世界にいても、そこに身を置けば力を出せる人は、少ないかもしれないがいるはずである。

だから決めつけるべきではない、と波乃は言いたいのだろう。

「波乃にすれば、伴侶(つれあい)は条件をつけることなく選ぶべき、というか、なによりもその人物を第一とすべきだというのだな」

「と、言い切る気はありません。正吾さんは義父(おとう)さまの下で教わりながら、さまざまなことに気付き、考えられたと思いますから。ただ、そういう余地は残しておいてもいいのではないかと」

「義姉さんはそのようにおっしゃるけれど、実際問題としてごく普通の女の人が多くの奉公人、特に仲居さんと手伝いの女子衆を取り仕切り、纏(まと)めるのは簡単ではないと思いますけれど」

突然のように具体的な内容になったので、波乃は戸惑ったようである。正吾もそれだけでは説明不足だと感じたようだ。

「わたしは奉公人、とりわけ仲居さんたちに気持よく働いてもらうのは、並大抵でないと思います。お客さまは頻々とお見えになる方でも、月に二度かせいぜい三度でしょう。三日に一度となると月に十度ですから、そんなお客さまはいらっしゃいません。月に一度お見えになれば、立派な常連さんですからね」

浅草一と言われる料理屋となれば客は一人で来ないし、来ればそれなりに散財する。おなじ常連であっても、蕎麦屋や飲み屋などの客とは、まるでちがうということなのだ。

正吾の言いたいことはもっともであった。

「その点、仲居さんたちとは朝から晩まで、一日中顔を突きあわせているものな」

正吾に任せて宮戸屋を出たといっても、信吾は二十歳になる直前まで見世の仕事を手伝っていた。波乃よりは正吾の言いたいことが、遥かによくわかる。女将に対してはだれもが従うが、感情を害したりしてこじれると、女将も仲居もギクシャクせざるを得ないだろう。

手伝いはともかく客と接する仲居となると、古顔もいれば新顔もいるし、客に受ける人気者もいれば、地味で目立たない者もいる。若旦那として修業中の正吾は、日々さまざまな奉公人を見ているので、あれこれと感じることは多いはずだ。

「だけど若女将、つまり正吾さんのお嫁さんは女将が、それに大女将が付きっ切りで教えるのでしょう」

女将は信吾と正吾の母の繁、大女将は祖母の咲江である。

「あたし思うのですけど、なにも知らなくてもすなおでまじめな人のほうが、むしろ良いのではないでしょうか。料亭とか料理屋の娘さんで、知識のある人は自分の育った見世や奉公人、あるいはお客さまからいろいろと学んでいると思います。ほとんどの部分で宮戸屋さんと共通していると思うのですけど、見世それぞれの色というものがあるでしょう」

波乃が短い間を取ったのは、そこが一番言いたいことだったからだろう。

「一度色が付いたら、却ってよくないこともあると思うの。それをきれいに拭き取らなければなりませんからね。それから宮戸屋さんの色に染めていく。すなおに聞く人もいるでしょうが、実家で親に教えられたことに、頑固に拘る人もいると思います。であれば無色の人のほうが、女将さんには都合のいいことが多いという気がするのですが」

「波乃の言うことには一理あるけれど、それはどこに重きを置くかによるのではないだろうか」

信吾の言葉に波乃は少し考えてから言った。

「ほとんどの部分、例えば九割か九割五分まで共通しているなら、ちがっている一割か五分を直せばすむことではないかと、そうおっしゃりたいのですね」

「考え方の問題になるけどね」

「おそらく信吾さんのおっしゃるとおりだと思いますけど、たとえ五分であろうと、いえ一分であったとしても、濃い色に染まっていたり深く刻みこまれていたりしたら、どうしようもない場合もあると思います。それを白紙にもどそうとする労力を考えたら、たとえ知識はなくても無色のほうが良い場合もあると思いますけれど」

　複雑な笑いを浮かべた正吾の顔には、思いもしなかった義姉の一面を見たという驚きが出ていた。そんな正吾に波乃は躊躇いがちに言った。

「ただ、あたしとしてはこんなことに夢を馳せたい、なんて気がなくもありません。正吾さんが関係のないべつの世界から来た、料理屋のことはまるで知らないのに、ふしぎな魅力を湛えた人と、自分たちの世界を切り拓いていくなんて、思っただけでも胸がときめくではないですか」

「正吾がいっしょになりたい人を知らないし、会ったこともないおれや波乃にすれば、そこから先に進めないということになる」と、そこで信吾は正吾に向き直った。「なるべく早く、その人に、つまり宮戸屋の若女将になる人に会わせてもらいたいな」

「そんな人はいないと言いましたけど」

「諦めろよ、正吾ちゃん」

「兄さん、いくらなんでも正吾ちゃんはないでしょうよ。来年は二十歳なんですからね。

それにしても、これほど散々な目に遭わされるとは思いもしなかったな。今日は厄日というしかありません。義姉さんには男の子と言われるし」

「見苦しいぞ正吾ちゃん、じゃなかった、正吾どの」

「やめてよ兄さん。わかりましたよ。海千山千の相談屋夫婦に、見習いの若旦那もどきが勝てる道理がありませんからね」

「いっしょに食事したいと言ってきたとき、こっちはなにもかも承知之助だ。宮戸屋は暮れの書き入れどきとなる。こっちは師走朔日(ついたち)から将棋大会が始まるので、準備に大童(おおわらわ)だからな。実はいっしょになりたい人ができました、とこれしかないだろうが」

「まさにそのとおり。兄さんたちには、わたしごときはとても太刀打ちできません」

「さてそうなると問題が生じた。負い目を感じている弟に、近く嫁になる女の人について話してもらい予備的な知識を得ておくか、まったく白紙のままその人に逢うかだが」

と言って信吾は波乃を見たが、思いはおなじであったようだ。

「それは信吾さん、白紙しかないでしょう。なにも知らずに顔合わせして互いが感じあう、それが一番なのではないですか。その人の素が見えますからね。予(あらかじ)め頭に入れておいて、余計な知識のために肝腎な人の姿が曇ってしまっては、元も子もないですから」

ということで、互いが白紙のままで会うことになった。正吾によると、相手は変わり者の兄夫婦がいることは知っているが、細々したことはなにも伝えていないらしい。今の今までどうなるかわからなかったのだから、肉親のことをあれこれ話せないのは当然かもしれなかった。

正吾によるとその人の名は恵美(えみ)だとのことで、恵美には兄夫婦の名だけを伝えておきますからと言った。

「あッ、それから義姉さん。今日とおなじ鱈鍋にしてくださいませんか。おいしかったから、恵美に食べさせたいのですよ」

お世辞半分だとしても浅草一の料理屋の息子にそう言われ、波乃はすっかり気をよくしたようだ。

となると常吉を同席させる訳にはいかない。今日はたまたまいっしょに食べさせたが、恵美が正吾の妻となると知れば、常吉はだれかに話したくなるはずだ。宮戸屋の小僧や手代に会ったときに、洩らしてしまってはコトであった。正右衛門と繁が、奉公人たちに披露するまえに知られてはならない。

常吉は外で食事させることにし、好物の鰻重(うなじゅう)の中を食べられるよう、信吾は小遣いを奮発することに決めた。口止め料と考えれば安いものだ。

信吾と波乃は、義理の妹となる女性との対面を、心待ちにすることになったのである。

四

「ようこそいらっしゃいました。お待ちしておりました。ではあちらで」

簡単な挨拶だけにして、信吾たちは正吾と恵美を八畳間に招き入れた。ちらりと見ただけだが、信吾は恵美に見覚えがあった。

正吾が信吾と波乃に恵美を、そして恵美に二人を紹介する。

「もしかして、おと」

改めて顔を見た信吾は思わず言い掛け、辛うじてあとを呑みこむことができた。ところが言葉の欠片とも言えぬ「おと」を聞いただけで、恵美が顔を輝かせたのである。

「わあ、うれしい。憶えていてくださいましたか。そうです、男勝りの恵美、腕白娘の恵美ですけど、まさか憶えていてくださったとは思ってもいませんでした」

無邪気としか言いようのない人懐っこさが、なぜか言葉とそぐわない。子供が役者の物真似をしているような愛嬌があった。

それにしても輝きの強い目と笑窪、可憐な口許などの表情全体と、特に声のなんと明るいことだろう。明るいだけでなく耳に心地よいのである。

「正吾からは恵美さんというお名前しか聞いていなかったのですが、お顔を拝見したときにもしやと」

見覚えがあったどころではない。見知った顔だったのだ。もっとも面影は残っているものの、すっかり娘に成長していた。ただ、活き活きした目と明るい声はそのままであった。まさか正吾が連れて来るのがその人だとは、信吾は思いもしていなかったのである。

「それにしても、よく憶えていてくださいました。だってお会いしたのは二度、いえお辞儀だけして話さなかったことがありましたから都合三度ですもの。それに最後にお会いしてから、……七年近くなりますよ」

信吾は物覚えのいいほうだが、恵美の記憶力の良さには驚かされた。

「まさかと思ったのですが、それにしても」

そこまで言って、波乃一人が蚊帳の外という顔をしているのに気付いた信吾は、正吾と恵美に目顔で断ってから説明した。

恵美は正吾の手習所時代の仲間だった包太郎の、二歳下の妹である。ということは十七歳であった。

包太郎と恵美兄妹の家は福井町にある外村屋で、莨入れや鼻紙入れをはじめ、手提げ、巾着、胴乱などさまざまな袋物類を扱っている。見世売りもしているが、各地の職人に造らせた品を、江戸を中心に関八州の見世に卸して、手広く商っていた。

包太郎の上には姉、恵美の下には弟二人がいるので三男二女。恵美は次女で三人目の子供であった。長女はすでに嫁いでいて、子を生したばかりだと聞いている。長男の包太郎は正吾とおなじように、父親の下で家業を修業中とのことだ。

福井町は神田川下流の北側、浅草御門の北西にあって、一丁目が五区画、二丁目と三丁目が各一区画の計七区画となっている。一丁目の北寄りに源義家ゆかりの銀杏八幡があるが、外村屋は一丁目では一番南の区画にあった。平右衛門町を挟んで南を神田川が流れている。

弟正吾の手習所仲間とその妹のことなので、信吾が知っているのはその辺りまでだ。

静かに立ちあがった波乃は、ちいさな声で断った。

「お話を楽しんでいてくださいね」

意味がわかったらしく、恵美も席を立つと波乃に従って部屋を出た。波乃は正吾の要望どおり鱈鍋の準備をしていたのだが、並んでお勝手に向かう二人の後ろ姿を見ながら信吾が言った。

「気配りのできる人だなあ、恵美さんは。立派な女将になるだろう」

「まるで実の姉と妹みたいですね」

用意が整うと、「まずはいただきましょうね」との波乃の言葉で、しばらくは静かに食べることに集中した。正吾の申し入れで、酒は呑まないことになっていた。

鍋の中身が少なくなったころ、最初に声を発したのは信吾である。

「それにしてもよく連絡してくれた。明日から半月ほど恒例の将棋大会なので、わたしは朝の五ツ（八時）から夜の五ツまで会所に詰めてなきゃならんのだ」

信吾がそう言うと正吾はうなずいた。

「はい。ですから会ってもらえるとしたら、今夜しかないだろうと」

「いや、こういうことなら、なんとしても時間は作るがね」

「でも暮れはあわただしいですから、ゆっくりと話せないかもしれません」

「それもそうだ」

兄弟の会話が一段落したと見たのだろう、波乃が恵美に言った。

「ごめんなさいね、変なことをお訊きして。男勝りとか腕白娘とおっしゃっていましたけれど」

「はい。あたしの渾名でした」

「明るくてしゃきしゃきなさっていますけど、とても男勝りとか腕白とは」

「あのころは、肩肘張っていなければなりませんでしたから」

「と言ってもおわかりでないですよね」と、恵美の代わりに正吾が説明した。「今はすっかり丈夫になりましたが、恵美の兄の包太郎は手習所時代は体が弱くて、しょっちゅう風邪を引いたり寝こんだりしていたのですよ。そのためか内気で引っ込み思案になって、仲間からいじめられましてね」

「それで恵美さんが兄さんの敵を」

「とんでもないです。あたし、兄ほどではありませんが」

「特別に丈夫でもなければ、喧嘩っ早いとか力自慢という訳ではなかったのですね」

「でも口は達者でしたから、いくら叩かれても退きませんでした。泣きじゃくりながら、男らしくないとか、卑怯者だとか、本当に強い男の人は弱い者を守ってやるもんだと、喰って掛かったんです。すると、男勝りの恵美とか腕白娘の恵美の渾名で呼ばれるようになって」

「男勝りでも腕白でもないのに、困った渾名を付けられたのですね」

「そうなんですよ、渾名が『泣き虫』だったらわかりますけど。ところが泣きわめくあたしの相手をしていると、いじめていると見られます。男の子が男の子をいじめるより女の子をいじめるほうが、周りの大人の見る目は厳しいんですね。それがわかったらしく、すぐにあたしが喰って掛かるものですから、だれも兄をいじめなくなりました」

　納得したように波乃はおおきくうなずいた。

「もう一つお訊きしますが、正吾さんはどうでしたの」

「からかいとか嫌がらせでしょう、加わる気になれませんよ」

「するとそのころから、お二人は思いあっていたのですか」

波乃の言葉に正吾は照れ臭そうに顔を赤らめたが、意外だったのは恵美が、それこそ頬から額から首筋まで朱に染めたことであった。

恵美が援けを求めるような目を向け、正吾が微かにうなずくのがわかった。

「二人が互いのことを気にし始めたのは、つい最近なんです。秋の終わりに包太郎が風邪を引きましてね」

正吾によるとこういうことであった。

包太郎は手習所を修了したころから、虚弱だったのが嘘のように丈夫になったとのことだ。それほど手習所が、勉強するのが厭でたまらなかったのだろう、と仲間にからかわれたらしい。

「手習所仲間の一人から包太郎が風邪で寝こんでいると聞いたので、見舞いに行ったのですよ。すると若い娘さんが、甲斐甲斐しく世話をしているではありませんか」

盥で濯いで絞った手拭を額に置こうとしている娘を見て、正吾は蒲団に寝ている包太郎に言った。

「そういう人がいるなら、なんで早く紹介してくれないんだよ。わたしと包太郎のあいだで、水臭いじゃないか」

すると娘が、おかしくてならないというふうに笑った。

「正吾さんは、昔とちっとも変わらずおっちょこちょいですね。それとも、あたしの顔を忘れたのかしら」

名前を呼ばれてまじまじと見直し、正吾はびっくりした。

「恵美ちゃんか。恵美ちゃんだね。でも、まさか、あの」

「男勝りな腕白娘の恵美ですよ。びっくりしたでしょ」

十二歳で手習所を修了してからも、正吾と包太郎は付きあいを続けている。ところがたまたまだろうが、家を訪ねたときには恵美はいなかった。

そして七年振りに再会したとき、恵美は別人のような娘に姿を変えていたのである。ただ活気に満ちた目と、明るく耳に心地よい声だけは当時のままであった。

「今では笑む笑みの恵美と呼ばれている」

包太郎に言われたが、正吾には意味がわからない。

「えむえみのえみって、まるで早口言葉じゃないか」

「笑むも笑みも笑うだよ。恵美はよく笑うからな」

「笑む笑みの恵美か。韻を踏んでるんだな。恵美にぴったりだ」

自然と「ちゃん」抜きで呼んでいた。

正吾が見舞いの菓子折を渡すと、礼を述べてから恵美は兄に言った。

「兄さん。お見舞いにお菓子をいただきました。兄さんの大好きな、並木町の鯉屋(こいや)さんの京菓子です」

「気を遣わせて悪いな、正吾」

「そう言えば包太郎は、昔はよく風邪を引いていた。だからあのころは、風邪は子供が引くものだと思っていたくらいだ。大人になっても引くからには、包太郎は風邪によほど好かれているんじゃないのか。風邪と所帯を持ったらどうだ。冗談はともかく、思ったより顔色がいいので安心したよ」

「大袈裟に言うなよ。風邪だからどうってことないさ。今日で四日目だから、峠は越えたはずだ」

「しかし、油断しちゃだめだぞ。風邪は万病のもと、と言うくらいだから」

見舞いの言葉はそれぐらいで、あとは恵美との話が弾んだのであった。袋物類と料理と、商う品はまるで異質だが共に商家である。共通点も多いし、ちがっていればそこに興味も湧く。

見舞いに来たという事情もあるので、ときどきは包太郎に同意を求めたりもしたが、正吾はほとんど恵美と話してすごした。そればかりではない。その後も何度か、見舞いを口実に恵美に会いに行ったのである。

話していて楽しかったし、七年振りに見る恵美はなんとも可愛(かわい)らしかったのだ。包太郎はほどなく快癒したが、どうやら妹が正吾に好意を抱いているだけでなく、正吾もまた満更でないのを見抜いていたようである。

仲居やほかの奉公人とちがって、正吾はかなり自由が利く。行き先と帰る時刻を言っておけば、一刻(いっとき)（約二時間）から一刻半（約三時間）なら問題はなかった。友達の病気見舞いと言えば、母も父も黙って認めてくれたからだ。

三度目まではなにも問われなかったが、四度目にはだれを見舞うのかを訊かれた。福井町の外村屋の包太郎だと答えると、母は「ああ、あの子ね」と言った。手習所仲間ならとわかってくれたようだが、となると五回目がなんとなく出にくい。

「それと気が付いたときには随分と、料理屋の仕事や宮戸屋のことを恵美に喋っていたのですね。わたしは料理屋の仕事が好きですし、あるじになるので意気込んでいたというのでもないのですが」

恵美が話し上手で聞き上手だからだ、と正吾は思い至った。天性の明るさもあるのだろうが、さり気ない訊き方が相手の話す気を誘い出すのに正吾は気付いた。

「恵美は話好きでけっこう喋るのですが、少しもお喋りだと感じないのです。言葉が自然に、滑らかに、耳に心地よく流れこむような感じでね。兄さんと義姉さんも、そう思われませんか」

信吾と波乃は顔を見あわせたが、言われてみるとまさに正吾の言葉どおりである。すなおな気持でうなずいた。すると正吾は続けたのだ。

「底抜けと言っていいほど明るいし、話好きの聞き上手、それもさり気なく、相手が話したくなるように持っていく。よく喋るのに、お喋りだと感じさせない。物をよく見ているし物覚えもいい。ね、なにかを感じませんか。思い当たることがあるでしょう」

顔中に笑みを浮かべているが、正吾の目は真剣そのものだった。信吾は兄として、弟が一番言ってほしいと思っていることを、言わなければならないことに気付いた。

五

「母さんにそっくり、となると料理屋の女将にぴったりじゃないか。恵美さんほどの人は居やしないよ」

「でしょう。だから、宮戸屋を今以上によくしたいので、いっしょになってくれないかと言おうとしたのですが、どうしても言えなかったのです」

「なぜだ。友達の風邪をむだにしてはいけないよ、というのは半分冗談。実はおおまじめ。恵美さんほど宮戸屋の女将にぴったりな人は、ほかにいないぞ」

「そう思います。ですが父さんと母さんが」

「なんの問題もないだろう。長男が家をおん出てしまったので、次男に宮戸屋を押し付けたという負い目が両親にはある。だから嫁だけは正吾の気に入った人に、そう言っているのだからな」

りますから」

「ただ夫婦になるのは一生の問題だし、父に言われたときにわたしが感じた大問題があ

「万が一しくじれば、宮戸屋が立ちいかないだけでなく、奉公人とその家族が路頭に迷うことになる、だな」

「父さんと母さんは、わたしに本当に好きな人ができたらとはおっしゃいましたけれど、実際にとなると簡単にはいかないだろうと思います。だから踏ん切りが付かなかったのですよ。それでちがった世界の空気を吸っている、兄さんや義姉さんと話せば、いい答が見付かるかもしれないと」

信吾は正吾と恵美をじっと見てから、満面に笑みを浮かべた。

「二人でやって来たということは、答を見付けたということだな」

「実は波乃義姉さんの話を伺って、やっと心が決まりました。問題は本人だと断言されましたからね。料亭や料理屋の娘より、変な色が付いていないだけ、ほかの世界の人がいいかもしれないって。わたしの思いとおなじだったので、あれほどうれしかったことはありません。波乃義姉さんは、味方になってくれる人だとわかりましたから」

「それを言うなら兄夫婦だろう。宮戸屋を正吾に押し付けたからじゃなくて、兄貴は常に、無条件に正吾、いや正吾と恵美さんの味方だ」

「ですから次の日に外村屋を訪ねて、恵美に打ち明けました」

「恵美さんはどう思われましたか」と言ってから、波乃はぺろりと舌を出した。「間の抜けたことを訊いてしまいましたね」

見れば恵美は真っ赤な顔をし、両掌で思わずというふうに顔を覆ってしまった。

「波乃にしては、まさに間の抜けたとしか言いようのない問いだよ。だからいっしょにやって来たんじゃないか」と言って、信吾は正吾と恵美に向き直った。「五ツになると宮戸屋では客出しをやる。知ってのとおり、あるじ、女将、大女将、仲居さんたちがこぞって客を送り出すのだ。となると二人がやることは決まっているな。正吾は恵美さんを連れて行って両親と祖母に、『これがわたしの選んだ人です』と言って、恵美さんを紹介する。あとはなにもかも両親が事を運んでくれる。それですべてうまくいくはずだ」

信吾はそう言い切った。ところが顔を見あわせた正吾と恵美は、呆然というよりほとんど狼狽している。

「どうした」

信吾がそう言うと二人は顔を見あわせたが、しばらくしてから正吾が言った。「それがうまくいきそうにないので、まず兄さんに、兄さんと義姉さんに、父さんと母さんに話してもらおうと思って」

「断る」

信吾が厳しい声を発したので正吾と恵美は身を仰け反らせ、波乃でさえ顔を強張らせた。

「だって一番の味方でしょ。そう言ったばかりじゃないですか」

「正吾はなにを勘ちがいしているのだ。身勝手な長男が家を飛び出したので、次男にむりやり跡を託した両親は、婚儀だけは押し付けまい、次男の、ということは正吾だが、その選んだ人と所帯を持たせようと決めたのだ。正吾はこれ以上ない人を選んだと思う。であればなにを躊躇うことがあるのだ」

「わたしは身近にいて日頃両親を見ていますので、あの二人の手強さというか頑固さがよくわかります。両親はあのように言っていますが、いざとなるとわたしは硬い壁に撥ね返されるという気がするのです」

正吾が思い切って一歩を踏み出せないのは、不安というより、自信のなさだと信吾は気付いた。日々、両親にあれこれと教わりながら、二人の仕事ぶりというか、接客振りや奉公人の差配を見て、自分の無力さを痛感したのだろう。それなのに信吾は「当たって砕けろ」と、発破を掛けてしまった。

恵美というこれ以上ない相手に巡り逢えた正吾は、なんとしてもいっしょになって宮戸屋をさらに良くしたいとの思いが強いだけに、万が一うまくいかなかったらと不安でならないらしい。自分の話し方がきつすぎたことに気付いた信吾は、なるべくおだやかに話すことにした。

「正吾の言いたいことはわからないでもない。ただ兄として言わせてもらえば、一部のことに気を取られて、全体が見えていないという気がする」

「どういうことでしょう」

「これまで話してきたことで、なんの問題もないことは明らかだ。宮戸屋は正吾が継ぐ。伴侶は正吾の選んだ人にすると両親は言明し、正吾はまさにこの人しかいないという恵美さんと巡り逢った。なに一つ問題はないのに、正吾は不安を感じている。それは正吾に欠けているものがあるからだ」

「わたしに欠けているものですか」と、随分迷ってから正吾は言った。「なんでしょう」

「自信だよ」と、信吾は言った。「自分自身を信じることだ。それが持てないのは、日々、両親のもとで教わりながら、そのすごさを感じずにいられないからだと思う。だが正吾、親父とお袋だって、昔からああではないのだぞ。正吾とおなじように若いときもあったんだ。不安もあったし、失敗もした。それを乗り越えたからこそ今の二人がある。正吾は自信を持たなけりゃ駄目だ。自分はできる。かならずできると言い聞かせるんだな。絶対にできると信じて、胸を張って父さん母さんに恵美さんを紹介することだ」

「自信たっぷりで不安のない人は大成しませんし、どこかでかならずつまずくものです」と、波乃は正吾と恵美におだやかに話し掛けた。「自信がなくて不安だらけでも、それを乗り越えればおおきななにかを摑めるはずです。おわかりですね」

「なにも不安がることはないぞ。この人を選びましたと胸を張って言えるのだ、今の正吾ならな」

「あたしもそう思いますよ」と、波乃が言った。「恵美さんは気負わずに、生のままをお出しなさい。宮戸屋のご両親はこれまで、日々、さまざまな人に接してきたのです。あたしは恵美さんの明るい顔を見て、ひと言ふた言を話しただけでお二人は良さを見抜かれると思いますよ。ですから気負わないことです。素顔を見せるつもりで、などと言うと緊張しないでいられないでしょうね。どうしたらいいかしら」

真顔で波乃に訊かれ、信吾はぶっきらぼうと思えるほどの言い方をした。

「どうしようもないよ」

「だって、正吾さんと恵美さんがいっしょになれるかどうか、なんですよ。それなのに、どうしようもないなんて」

「どうしようもないを悪く取られちゃ、それこそどうしようもないな。良い意味でいったのに」

「あら、どうしましょう。旦那さまのおっしゃったことが、異国の人の言葉のようにまるでわからなくなってしまいました」

信吾だけでなく正吾まで、思わずというふうに吹き出してしまった。なぜなら、正吾のかつての言い廻しを踏まえたものだったからである。

「信吾さん、自分お一人でおもしろがるのはよくないですよ」と言ってから、波乃は正吾と恵美に笑い掛けた。「まじめな話をしたかと思うと、すぐこうなんですから。照れ臭いから、笑わそうとするのだと思いますけど」

「ということで親父とお袋が求めているのは、宮戸屋を任せられる頼もしい息子なんだよ。なのに家を飛び出した長男がのこのこ出掛けて、実は父さん母さん祖母さまにお願いが、なんて言ってみろ。長男のこっちはともかく、跡を託そうとした次男にも、ということはその嫁恵美さんにも希望を持てなくなって、がっかりさせるということになるんだよ。だから二人がここに来たことを言っちゃ駄目だ。まず親父とお袋に恵美さんを紹介して、それから兄夫婦に会わせると話を持っていく。そうしないと親父とお袋が気を悪くするからな。それがわからぬはずがないだろう正吾、そして恵美さん」

　信吾は正吾本人にもわかっていることを確認しただけのつもりだが、これで取り乱すようだと前途多難だと言うしかない。ところが顔を見あわせた正吾と恵美が、なんともすっきりした満足気な笑みを浮かべたのである。それだけではない、波乃も爽やかな笑みを浮かべていた。

「いいか、正吾。自信を持って、胸を張って臨むんだぞ。不安なら酒を呷（あお）って行け。勢いを付けるんだ。両親のところに乗りこむのだからな」

「冗談はよしてください。こんな大事なことを言うのに、酒に頼ったりできますか。乗りこむなんて気負わずに、わたしは素面(しらふ)で行きますよ」

「そうこなくっちゃ。それでこそ正吾だ。で、どう言うかわかっているだろうな」

言われて正吾は、恵美と顔を見あわせてから言った。

「父さん母さん、そして祖母さま。見てください、これがわたしの選んだ人です」

「駄目だ」

「駄目ですか。だって正面からきちんと打ち明けていますよ」

「駄目だ。最初の一番大事なときに、見てくださいなんて下手(した て)に出てどうする」

「下手ですって」

「見てくださいじゃないだろう。胸を張って堂々と、自信たっぷりな笑みを浮かべて、正吾の言うことは決まっている」

正吾はふたたび恵美と顔を見あわせ、戸惑ったような顔になった。

「言うことは一つ。これがわたしの選んだ人です。それだけだ。余計なことは言うべきでない」

信吾の言葉に、またしても正吾と恵美は顔を見あわせた。

「ああ、じれったいったらありゃしない。ここは下手に出ちゃ駄目なんだよ。両親や祖母さまと対等で、いや、優位に立つくらいでなきゃ駄目なんだ」とそこで、信吾はにやりと笑って拳で腿を打った。「そうだよ、そうとも。正吾の言うとおりだ」

「わたしは、なにも言っていないじゃありませんか」

正吾は狐に摘まれたという、まさにそんな顔になった。

「口はな。だが目は口よりも物を言う。目を見てわかったが、正吾はこう言うつもりだった。これがわたしの選んだ人で、名前は恵美。二人で宮戸屋を今以上に繁盛させますから、どうかわたしたちにお任せください。そこで胸をドンと叩けば、両親は良い後継者ができたと、泣いて喜ぶはずだ。……どうした」

「なんだか調子がよすぎて」

「不安になったのだな。そこだよ」

「どこですか」

「突っこむところを見ると、自分を失っちゃいないな。それこそ正吾が何度もからかった、わが相談屋の手口」

「兄さんや相談屋さんをからかった覚えはありませんが。手口ですか、一体どんな」

「商売の手口を他人に見せられるか、と言いたいが兄弟となると話はべつだ。まず、これがわたしの選んだ人ですと、ぐっと押し出して自信たっぷりに言ったあとは、少し控える」

「少し控えると言うと」

「こちらが押してばかりだと相手は退いてしまう。ところが目一杯押してからさっと退くと、相手はかならずと言っていいほど乗ってくるのだ。これが相談屋が使う手だが、たった一人の弟だから特別に教えておくよ」

「ですが、わたしが控えるとどうなるのですか」

「両親や祖母は待ちかねたというふうに、恵美さんに問いを浴びせる。と言って、刃を突き付ける訳ではないから怖がらなくてもいい」

「言葉ですね」と言ってから、正吾は不安になったようだ。「でも言葉は刃以上に、相手を切り裂いて血を流させることもありますから」

「正吾は控えて、恵美さんに任せておけばいいのだ。なにも心配せずに、自分の選んだ人に託すのだな。料理屋のあるじになるのだから、そのくらいの太っ腹でなくちゃ務まらないぞ」

まだ話したこともない正吾の両親や祖母に、自分一人で対さなければならないとわかり、笑顔を絶やすことのなかった恵美の顔に不安の色が拡がった。それを見て波乃が言った。

「恵美さんは正直に、ありのままのご自分の姿をお見せすればいいと思います」

「ありのままの、ですか」

自分の言ったことを繰り返した恵美に、波乃は笑顔でうなずいた。

「あまり身構えずに、ご自分の考えや思っていることを正直に出したほうがいいと、あたしは思います。ご両親に気に入られようとか、自分をよく見せようなどとしないほうがいいでしょう。ご両親、特に女将さんとちがう考えだと思っても、そこははっきりと出しなさいね」

「ちがっていてもですか」

「女将が知りたいのは、恵美さんがしっかりしたご自分の考えを持っているかどうかだと思うの。この嫁は鍛え甲斐がある、鍛えれば鍛えるほどよくなるのだわ、そう思わせなくちゃ。恵美さんがすなおな気持で受け答えするだけで、自然にそうなると思いますよ」

そのとき、金龍山浅草寺弁天山の時の鐘が五ツを告げた。

「待っていたように時の鐘が鳴ったのは、うまくいくってことだから案ずることはない。さあ、行って来い」

信吾と波乃は、正吾と恵美を送り出したのである。

六

あるいはと思わぬこともなかったが、さすがに正吾は姿を見せなかった。むりもないだろう。五ツの鐘が鳴るのを聞いて東仲町の宮戸屋へ向かい、両親と祖母に恵美を紹介したはずである。

四ツ（十時）に各町の木戸が閉められるので、それまでに恵美を家に送り届けて宮戸屋にもどらねばならない。かなりあわただしく、報告する余裕はなかったはずだ。四ツをすぎても木戸番に潜り戸を開けてもらうことはできるが、翌日の仕事のこともあるので遅くなるのを避けたのだろう。信吾と波乃としては、事がうまく運ぶことを祈るしかない。


一夜明けると第三回将棋大会の初日であった。対局は五ツ開始としたので、参加者にはその四半刻（約三〇分）まえに集まってもらうように言っておいた。信吾は念のため六ツ半（七時）に会所に出た。

すでに掃除を終えた常吉が、駒箱を載せた将棋盤をあいだに座蒲団を並べ終え、湯を沸かして茶を淹れていた。大火鉢と手焙りの用意もできている。

「三年目になりますが、大会には独特の雰囲気がありますな」

一番乗りは、常連でこの家の持ち主でもある甚兵衛であった。

「やはり大会となりますと、気が引き締まりますね」

続いて入って来たのは桝屋良作であった。すかさず常吉が二人に茶を出す。

そうこうするうちに次々に大会の参加者や一般の客、そして見物人が姿を見せた。早い時刻は勝負を見たい見物人が主であった。壁に貼り出された、大会に協賛した寄付者の一覧「花の御礼」を見たい人は、もっと遅くなって友人知人と連れ立ってやって来る。

午後からや夜だけの参加者もいるため、ほぼ揃ったところで信吾は第三回将棋大会の開始を宣言した。続いて勝負の進め方や対局者の組みあわせ方、賞金、また失格となる違反行為などについて述べた。

そして五ツの鐘を合図に、勝負が開始されたのである。

前二回は「運がよけりゃ」とか、「うまくいけば賞金が」のように考えた参加者もいたようだ。今回はそれが通用しないことがわかったからだろう、登録者の腕はだれもなかなかのものであった。

席亭で主催者の信吾は、勝負が着けば記帳して双方に確認しなければならない。勝負を終えた者や待機中の者の対局も決めなければならないし、見物人への対応など、なにかとあって結構あわただしい。しかし開始日の午前中だけは、のんびりしたものである。

勝負の邪魔にならぬよう、静かに移動しながら対局を見て廻った。

異様な雰囲気に包まれているのは、女チビ名人の渾名を持つハツの対局であった。一日は手習所が休みなので、子供客のほとんどがハツを応援しに来ていた。信吾が声を出さないように注意しておいたので、どちらかが指すたびにその駒とハツ、そして相手を注視するのである。さぞや指し辛（づら）いことだろうと、対局者に同情するしかない。

四ツ半（十一時）まえには、飯屋の奉公人が註文（ちゅうもん）を取りに来た。また蕎麦と饂飩（うどん）の屋台も姿を見せ、程なく食欲をそそる匂いを漂わせ始めた。

昼飯は近所の者が多いので食べに帰るし、店屋物を頼む者もいれば、連れ立って食べに出る者もいた。弁当持参の客もいる。

九ツ半（一時）すぎには四人の手下を連れた権六親分が、ようすを見に立ち寄った。

「見掛けねえ顔はいねえだろうな。置き引きに気を付けにゃならんぜ。ま、ときどき顔を出すようにするが」

町方の者が立ち寄るので、変なことをするのではないぞとの牽制（けんせい）である。第一回から権六はそうしてくれて、時間を決めずに不意に顔を出すのであった。

宮戸屋は昼と夜の客入れのあいだに、一刻ほどの空き時間がある。普段は母の繁か祖母の咲江が、なにかと理由を作っては黒船町にやって来ていた。将棋大会があるので遠慮しても、母屋に行けば波乃と話すことはできる。そのときには信吾を呼ぶことになっていた。だから正吾のことでどちらかが来ると期待したが、大黒柱の鈴を鳴らす波乃からの連絡はなかった。

夕刻の七ツ（四時）ごろになると、夜しか対局時間の取れない参加者たちが姿を見せた。信吾は朝、説明したのとおなじことを繰り返した。

初年度は第一回ということもあり、なにもかもが手探り状態でやるしかなかった。例えば参加者募集の案内を湯屋、髪結床、飲み屋などに貼らせてもらったのである。すると会所の客も含めて、百八十三人もの申しこみがあった。

ところが信吾が総当たり制にしたために、考えてもいなかった弊害が出た。力量差がありすぎるとまるで勝負にならないので、途中から対局辞退者が急増したのだ。また時刻を朝の五ツから夕刻七ツまでにしたため、それ以降でないと参加できぬ者から不満の声があがった。

大会と銘打つ以上賞金を出すべきだということになり、浅草近辺の商家に奉加帳(ほうがちょう)を廻して寄付を募ることにした。その額を百文か二百文、上限を三百文としたところ、およそ九両相当が集まった。

お蔭で優勝三両、準優勝二両、三位一両の賞金を出せたので、その合計が六両。三両は経費や打ち上げの飲食代に充てることができた。なお「花の御礼」は、思いもしない話題となって見物人が押し掛けた。

やってみなければ、わからないことばかりであった。

第一回の優勝は桝屋良作、準優勝が甚兵衛、三位は太郎次郎、四位が権三郎、五位は同率で島造、夢道、平吉で、うち太郎次郎と夢道は一般からの応募である。二人はその後、常連となっている。

桝屋と甚兵衛は一敗同士なので優勝決定戦をおこなったが、本番では勝っていた甚兵衛が破れるという皮肉な結果となった。これは相星の場合は決定戦をおこないますと、最初に公表したためだ。本来なら同率であれば本番の勝者が上位になるので、甚兵衛には気の毒なことになったのである。

また十歳の少女ハツが、十二位になったことも話題になった。

信吾は第二回も参加は自由としたが、なぜなら第一回で対局辞退者が多数出たことを考慮したのである。つまりこういうことだ。

あまりにも力に差がありすぎると対局に魅力がないだけでなく、指している両人がうんざりしてしまう。そのため賞金がねらえるとか、上位に入賞して名前を貼りだしてもらえるという名誉を得たい人以外は、応募しないと信吾は考えた。力があると自負しながら、第一回は不本意な結果になったと思っている人もいるだろうが、信吾は多くても三十人程度だと読んでいた。

結果はまさかと驚く四十八名となった。一般からは二十三名が応募したが、その中には夜しか出られぬ人が十四名いた。中にはおだてられたり、自分の実力を過信しすぎたり、という者もいたようである。だが実際に対局が始まるとそういう連中は負けがこみ、対局を辞退したり来なくなったりした。

なお前年、「花の御礼」を壁に貼り出したのが功を奏したらしく、第二回の寄付者数は一倍半に増えている。また寄付の上限を五百文としたためもあってか、金額は約二倍半の二十二両二分を超えた。そのため優勝八両、準優勝五両、三位二両と賞金を増やすことができたのである。賞金総額が十五両となったので、七両二分は経費と打ち上げ費用とした。

成績は次のとおりとなった。括弧内の数字は、将棋会所「駒形」の常連の順位である。

優勝―猩写

準優勝―甚兵衛（一）

三位―一兵

以下は次のようになった。

四位―桝屋良作（二）、五位―鬼切丸、六位―蔵前、七位―太郎次郎（三）、八位―日永、九位―権三郎（四）、十位―木留戸。

女チビ名人の渾名を持つハツは十一位に終わったが、これは会所内では五位なので、前回の十二位からすると驚異的な飛躍だと言っていいだろう。

そして第三回となった今回の大会登録者は、二十七名であった。内訳は会所の常連が十二名、一般からの応募が十五名となっている。常連客は日々対局しているので、おおよその自分の順位が予想できるからだろう。そこへ一般からの応募があるのだから、壁に貼り出してもらう成績をあげるのさえ容易ではない。

信吾にすれば、ここに来てようやく落ち着いた感じであった。一回目はともかく、二回目で実情がわかったからだろう。「あわよくば」と、淡い期待を寄せる余地がないことは、だれにも明らかだったはずである。

第二回優勝の猩写は、今回は登録しなかった。信吾がかれの卑劣なやり方をやんわりと暴き、しかも番外として受けた勝負で、完膚なきまでに叩きのめしたからである。三位の一兵をはじめ、五位の鬼切丸、六位の蔵前、八位の日永、十位の木留戸は申しこんできた。なお武士の蔵前は明らかに仮名だが、その後は常連として非番の日には指しに来ている。

第三回の寄付者と寄付額は、第二回とほぼおなじだったので賞金は同額とした。三回目になって、どうやら形が整ったようである。

第一回と第二回で出た、参加者の意見や要望も取り入れている。賞金は三位までで、上位入賞者の氏名は一年間壁に貼り出す。夜の五ツまで勝負をできるようにしたので、希望者はほぼ参加できるようになった。

その参加者が二十七名ということは、第三回に至って信吾の考えとほぼ合致したということだ。どうやら以後は、この形で続けられそうであった。

参加者の住まいは、期間中は毎日のように通う関係で限られてしまう。将棋会所のある黒船町近辺の浅草が中心で、北は今戸、南は柳橋かせいぜい両国、西は下谷から上野辺りまで。東は地元の人が宮戸川と呼ぶ大川があるため、吾妻橋（あずまばし）や御厩（おんまや）の渡しを利用できる本所（ほんじょ）と向島（むこうじま）の一部の人となっていた。

噂（うわさ）を聞いて申しこんだのだろう、外部からの申込人にはかなりの強豪がいて、信吾は勝負から目が離せなかった。そうしながらも正吾、あるいは両親や祖母が来るのを心待ちにしていたのである。

二日目は昼前に瓦版書きの天眼（てんがん）が、例によって一升徳利（どっくり）を提げてやって来た。瓦版のネタがあればと思っているのかもしれないが、上（あ）がり框（がまち）に坐（すわ）って黙ったまま酒を呑み、いつの間にか姿を消していた。

信吾としては父や母、それに祖母から連絡がないのは仕方ないとしても、正吾から音沙汰ないのが気になってならない。「さあ、行ってこい」と送り出した手前もある。「なにも心配せずに、自分の選んだ人に託すのだな」と、両親や祖母があれこれ訊くだろうが、恵美に任せておけばいいと言い切った。信吾は二人が絶対に認めてもらえると、自信を持っていたのである。

それだけに年の暮れでなにかと多用なのはわかっていても、どうにも気懸かりでならなかった。思ったように運ばなかったのか、正吾か恵美のどちらかが、とんでもないしくじりをやってしまったのか、などと思わずにいられない。

とは言っても席亭で主催者の信吾は、なにかと用が多いので気が紛れる。ところが母屋ですごす波乃は、相談客があればともかく、家事が片付けば思いがついそこへいってしまうようだ。雑念を払うためにであろうが、無心になって琴を弾じているときもあった。

信吾のほうは大黒柱の鈴が鳴らないかと絶えず気にしているが、食事ができたときの合図があるくらいで、来客ありの二回続けて鳴ることはなかった。特に母か祖母が母屋に来る可能性の高い、八ツ（二時）から七ツのあいだは気になってならない。

もっとも母や祖母が母屋に来たとしても、向こうから切り出さないかぎり、信吾のほうから「正吾と恵美さんのことはどうなっていますか」と訊くことはできない。なぜなら正吾には先に両親に話して、信吾たちにはまだ打ち明けていないことにしておくように言ってあるからだ。

あるいは、うっかりして信吾たちに相談したことを、話してしまったのだろうか。それで両親が気を悪くして、話がこじれてしまったことも考えられる。もしかしたらなにかを感じた父か母に鎌を掛けられて、訊き出されてしまったのかもしれない。どちらからもなにも言ってこないので、悪いほう悪いほうへと考えがいってしまう。

進展がなければ話題にしようがないし、話題にしたところで気が重くなるだけであった。だから信吾も波乃も、それには触れないようにしていた。

三日目の午後の空き時間、ようやくのこと祖母の咲江がやって来た。「花の御礼」の一覧を見るためらしかった。どこが寄付してくれたのかを頭に叩きこみ、なにかの折に礼を言うためだろう。

「こんなにたくさんの人やお見世に応援してもらって、ありがたいことだねえ」

「宮戸屋さんにも寄付をいただき、本当になんと言えばよろしいのやら」

いかに実家とはいえ、ほかの寄付者とべつ扱いしてはいけない。その宮戸屋の名は一覧の最後に記してある。

遠慮してというのではなくて、祖母に効用を聞いていたからだ。だれもが知りあいの見世や知人の名を探すが、途中からは目が流れてほとんど記憶に残らない。ところが最後だけは、目を止めて注視するとのことであった。咲江はそれを確認すると微笑み、それから周りの客たちに愛嬌を振り撒いていた。

ころあいを見て信吾は言った。

「お忙しいでしょうが、母屋の波乃に、顔だけでも見せてやってくださいよ」

「ああ、そのつもりだよ」

祖母は信吾の頼みを無視はしなかったが、本当に顔を見せただけで、多忙を理由にすぐに帰ったのである。先に食べさせた常吉と交替して信吾が食事にもどると、波乃が言った。

「昼間、祖母さまがお見えになりました」

言ったきり口を噤んでしまった。なにも言っていなかったということだ。

「そうか」

それだけで会話は途絶え、迂闊に物が言えない状態になってしまった。

夜の勝負に立ち会うため、程なく信吾は会所にもどったのである。

七

腕自慢の指し手たちが集結しただけに、日を追うにつれて熱気が高まっていく。鎬を削る好勝負が繰り広げられ、対局者は当然として観戦者も勝敗に一喜一憂した。一勝するか一敗するかで、順位がおおきく変化するので目が離せない。

成績表は信吾の手許に置いてあるが、対局者や見物人が頻繁に確認に来るようになった。勝つと名前のまえに○が、負けると×が付けられる。対局辞退の△は第三回の今回は、終盤になって順位の見通しが付くようになれば出るだろうが、今のところ一つも出ていない。

○×を付けることで、優劣が一目瞭然であった。

正吾たちのことを気にしつつも、信吾は好勝負、名勝負に感嘆し、一喜一憂した。会所の常連が外部からの参加者に惜敗すると、公正でなければならない立場でありながら思わず慨嘆してしまう。

開始から七日目の朝の六ツすぎという早い時刻に、宮戸屋の小僧が母屋にやって来た。

「大旦那さまがお二人に、宮戸屋までご足労願いたいとのことです」

常吉と齢の変わらぬ小僧は、頭に叩きこんだ言葉をまちがわずに言えたらしい。思わず浮かべた笑みを、すぐに消してから続けた。

「将棋大会は、何日ぐらいまで掛かりそうでしょうか」

「今の進み具合からして、遅くても月半ばの十五日には終えられると思う」

将棋大会のあいだはそれに専念し、終了したら信吾と波乃に宮戸屋に来てもらいたいとのことだ。時刻は五ツすぎ、つまりあるじと女将、そして仲居たちが客を送り出したあとということになる。朝だとあわただしくて、落ち着いて話せないからだろう。

大会は半ばとなったが、三日目に祖母が「花の御礼」を見に来ただけで、正吾や両親は姿を見せていなかった。ところが、客出しを終えたあとの宮戸屋に呼び出されたのである。悪い予感がしてならない。

信吾たちの都合もあるだろうからと、父は十七日、十九日、そして二十日を候補に挙げていた。

「できれば、そのいずれかで願いたいとのことですが、ごむりなようでしたら、日延べしてもかまわないとのことでした」

話は正吾のことだとしか考えられなかった。であれば結果がどうであろうと、一日も早く知りたい。信吾は波乃と目顔で相談して、十七日で願いますと伝えてくださいと言った。信吾がどういう用件かを訊かなかったのは、父が小僧に話す訳がないからである。一文銭でなく四文銭を駄賃にしたのは、重要な用件だと感じたのと、小僧が伝言をまちがえなかったからであった。

「なんだか厳しそうですね」

「ここであれこれ言っても仕方がない。いずれにせよ、子としては親の言うことは無視できないからな」

波乃と話したいことはあったが、対局者たちが集う時刻でもあったので、信吾は茶を呑んでから会所に向かった。次から次へと思いが頭を掠（かす）める。それも良い方向へではなかった。良ければ一言であろうと、父が用件に触れるはずだからである。

十七日の夜五ツすぎに宮戸屋へ赴き、父と話せばすべてがわかる。そう割り切ることで信吾は吹っ切れた。いや、むりやり吹っ切ったのである。今はそうするしかないのだ。なにしろ年に一度の、将棋会所「駒形」の将棋大会であった。多額の「花の御礼」からもわかるように、地元浅草ではかなり注目され賛同も得ている。となればなんとしても成功裡（せいこうり）に終わらせ、来年に繋がねばならない。

加えて地元だけでなく将棋指したちのあいだでも、評判になり始めているらしいとわかった。噂で知って参加しようと思いながら、諦めた者もいるとのことである。

昼間だけでなく夜の勝負もあるとなると、遠くに住んでいる人は迷わずにいられないだろう。一日二日ならともかく、十日以上半月近く通い続けるのは困難なはずだ。王子、江古田、内藤新宿、目黒、蒲田辺りの者は二の足を踏んで当然である。

大会には参加しないものの、見物がてら来る者がいることもわかった。中に一人、大会そのものについてかなり熱心に聞く者がいた。あとで客のだれかが「あの御仁はたしか、永代寺門前町で将棋会所をやっている人ですよ」と言った。

自分の会所でも客寄せの手段として、大会を開きたいと考えているのだろう。となると資金や宣伝の仕方など、あれこれと考えなければならぬことは多い。そのためにようすを見に来たにちがいなかった。話がうまく運べば有益なことが聞けると思ったのかもしれない。

信吾は具体的なことには触れず、一般的な段階の説明に留めるようにした。自分も苦労し、失敗をしながらようやく納得のゆく段階に進められたのだ。

また対局を喰い入るように見ている、五十代半ばくらいの無精髭の男がいた。若いころ担ぎの小間物屋として江戸中を売り歩いていた平吉によると、賭け将棋で生活している勝次郎という男らしかった。

最初はわずかな金を賭けて惜敗し、なんとしても取りもどしたいからと倍額を賭けて、やはり小差で負けるのだ。それを繰り返し、気付いたときには相手は断れなくなっている。そして最後の大勝負で、大金を巻きあげるのがその手口だ。

勝次郎は将棋大会が開かれているというので、鴨になりそうな将棋好きを探しに来たのかもしれなかった。しかし誘いを掛けることもなく、次の日からは姿を見せていない。

信吾が「駒形」を開所した年であったが、元旅籠町の質屋の三男坊太三郎が、賭け将棋の佐助の罠に嵌められたことがあった。そのときは信吾の機転で、危うく難を逃れることができた。

もしかすると勝次郎は、佐助かだれかから信吾が太三郎を救ったことを聞いていて、どんな男かと見に来ただけなのかもしれなかった。

大会への登録は、本名でなくてもかまわないことにしている。第二回に三位となった一兵は本名かもしれないが、優勝の猩写や五位の鬼切丸、十位の木留戸などは偽名、でなければ仲間内での通称か渾名だろう。

第三回の今回の大会で、信吾が気になったのは羅漢で登録した老人であった。羅漢とは最高の悟りを得た、尊敬や施しを受けるにふさわしい聖者だとされている。人を喰った登録名だからというだけでなくて、この老人はなかなか強かった。甚兵衛や桝屋良作とともに、負け知らずで後半に入っていた。

「羅漢さんは、どちらから通われているのでしょう」

「えッ、どういうことですかね」

「ここは将棋会所ですので、将棋好きがたくさん通われています。羅漢さんぐらいの腕ですと、それと変わったお名前なので、噂にならぬはずがないと思いましてね」

羅漢は目を細めて信吾を見てから、薄い笑いを浮かべた。

「そう言えば席亭さんは、相談屋もやっておられるのですな。看板にそうありましたが。となると訊き出し方が巧みなのも道理だと、納得いたしましたよ」

「気に障ったようでしたら、どうかお恕しいただきますように」

「いやいや。気に障るどころか、感心しているのです。なにも隠すことはありませんので申しますが」

大川から小名木川に船を漕ぎ入れると、すぐに万年橋が架けられている。それを潜り、高橋、新高橋を越えてさらに東に進む。南に埋立地の十万坪が、北にはこれまた広大な猿江御材木蔵があるが、その東に大島町と大島村、洲崎村、猿江町と猿江村が続くのである。

「すると亀戸村からですか」

信吾が驚きと言うより呆れに近い声を出すと、羅漢は愉快でならぬという顔になった。

「なぜに亀戸村だと」

「五百羅漢で有名な羅漢寺がありますから、そこから登録名を取られたのかなと思いまして。だとしても通うのがたいへんでしょう、船を利用するにしろ」

「年寄りが亀戸村から通えますかいな」

「すると親戚とか知りあいの家にお泊まりに」

「将棋会所のある黒船町のすぐ西を、日光街道が走ってますな」と羅漢は、信吾がうなずくのを見て続けた。「旅人が多いので、宿屋と旅籠が軒を並べております」

羅漢はその一軒に泊まりこんで、大会中は毎日「駒形」に通っているということだ。

「泊まりこみでとなると、優勝賞金の八両をねらっているのでしょう。道理でお強い。勝ちっぱなしですものね」

ほかの参加者もいるので、信吾はできるだけ明るく冗談っぽく言った。すると羅漢は、それまでからは考えられぬほど哀れな声で言った。

「とてもとても。ただ、将棋が好きでたまらんだけの、年寄りということですよ」

緊迫していた空気が、一気にやわらかくなった気がした。大会の参加者には将棋が好きで強いというだけでなく、変わり者が多い。中でも羅漢はその筆頭だろう。

鍔迫りあいが続いていたが、十二日目、十三日目と星の潰しあいが激化し、ついに十四日の午後になって全順位が決定した。当然だろうとだれもが思う成績の人もあれば、目を瞠る結果を出した人もいたが、十位までは次のようになった。なお括弧内が第二回の成績で、羅漢のみ初登場である。

優勝―甚兵衛（二）
準優勝―桝屋良作（四）
三位―羅漢
四位―一兵（三）
五位―鬼切丸（五）
六位―太郎次郎（七）
七位―蔵前（六）
八位―ハツ（十一）
九位―日永（八）
十位―権三郎（九）

一般からの応募は十五人であったが、新顔で上位に入ったのは三位の羅漢だけであった。ほかは第二回の上位入賞者ばかりである。来年からもおなじような傾向で、羅漢のような応募者はそう出ることはないだろう。会所の常連と一般の上位成績者が、切磋琢磨することになるにちがいないと信吾は思った。

前二回とも準優勝で口惜しい思いをした甚兵衛は、ついに念願の頂点に立ち、今後は目標とされるということだ。

第一回に優勝しながら、第二回は体調が悪かったせいか四位に甘んじた桝屋は、本来の力を示したことになる。

初登場で三位を仕留めた羅漢は、宿屋か旅籠に泊まりこんで通ったほどである。本人は一向に欲のないふうを装っているが、優勝か準優勝、それも賞金をねらっていたのではないだろうか。となると次回が楽しみである。

四位の一兵は前回三位だったので、不本意な成績だろう。笑みを絶やさぬ男で、融通無碍に相手のいかなる攻めにも対応できた。対戦相手にとっては摑みどころがなく、気の短い者は指しているうちに自滅してしまうのである。

三位までと四位以下では、賞金のことも含め、だれもが順位以上の差を感じていた。四位に落ちた一兵は、駆け引きだけでは通じないことを思い知らされたことだろう。もともと力があるだけに、捲土重来を期しているはずだ。

二回続けて五位となった鬼切丸は、力押しで攻めに攻める戦法の持ち主だ。なんとか凌げそうで、押し切られてしまう者が多い。細面で涼しげな目をしているのが、名前と不釣りあいである。当然、次回はさらに上をねらってくるだろう。

六位の太郎次郎は、第一回で三位になったのが縁で常連になった。一般からの応募者が多かった第二回では七位であったが、今回六位にあがっている。ハツの急成長に刺激を受けて研鑽しており、次回の上昇が期待できる。

七位の蔵前は旗本か御家人か、いずれの藩の藩士かは不明である。第二回大会の直前に「駒形」に来た客だが、大会があることを知って参加し六位となった。このまま黙っているとは思えない。密かに心の炎を燃やしているだろう。

女チビ名人の渾名を持つハツは十歳で「駒形」の常連となり、第二回大会では十一位であった。それが強豪ぞろいの今回、十二歳で堂々の八位となったのである。十五日は手習所が休みで子供客が集まるので、どんな騒ぎになることだろう。

九位の日永と十位の権三郎は、ともに一つだが下落した。

将棋を指し、大会に出場する以上、だれだって一つでも上を目指しているはずである。ハツは特別だとしても、若手が伸びている中で、次回どれだけの成績が残せるか、興味深いところだ。

無事に第三回将棋大会が終わったので、信吾は出席者に礼を述べた。軽い打ち上げをしますのでと断り、あとは峰と常吉に任せて奥の六畳間に入った。峰には波乃といっしょになるまで通い女中として掃除と洗濯、そして食事の世話をしてもらっていた。以後も臨時で、ときどき用を頼んでいる。

酒は用意してあったし、料理は宮戸屋の手代と小僧三人が、手提げ桶に入れて運びこんでいた。峰と常吉が座を作って酒と料理を並べる。

信吾は用意してあった紙包みに、優勝、準優勝、三位入賞の、甚兵衛、桝屋良作、羅漢の名を書き入れた。賞金はすでに入れてある。表座敷にもどると、それを三人に渡して栄誉を讃え、打ち上げの呑み会に入った。

前回は小狡い引っ掻き廻しで優勝を攫った猩写がいたため、どうにも盛りあがらぬ打ち上げとなったが、今回はそうではない。だれもが満足できたのである。

やはり話題は上位の三人に集中したが、中でも亀戸村からの羅漢に視線が集まった。信吾はさり気なく、羅漢が地元の人が蔵前通りと呼ぶ日光街道の宿に部屋を取って通った熱意を披露した。それが契機となったのか、銘々が「実は」と打ち明けたこともあり、話はおおいに弾んだのである。

酒と料理が終わったのでお開きとなったが、だれもが良い気持で会所をあとにできたようであった。

八

十七日、言われていた五ツより少し早めに出向くと、宮戸屋では客出しの最中で、信吾と波乃は坪庭に面した離れ座敷に通された。そのときちらりと見たが正吾の姿はなかった。次に見送る客の座敷に、報せに向かっていたのかもしれない。

しばらくはあるじの正右衛門、女将の繁、大女将の咲江、それに仲居たちが客を送り出す声が続いた。かなり離れているのでなにを話しているのかはわからないが、明るく弾んだ声のためか、その場の華やかな雰囲気が感じられた。それが途絶えて静かになってから少し間があったが、やがて廊下に足音がした。

「失礼するよ」

声を掛けてから入って来たのは、両親と祖母であった。

「ご足労でした。どうやら将棋大会は、盛況のうちに終えられたようだね」

「お蔭さまでなんとか。三年目でようやく形になったようです」

「去年に負けぬ『花の御礼』を見て、あたしゃ安心しましたよ。あれだけのお人が、応援してくれているのだもの」

咲江はそう言って胸に手を当てた。

女中が全員のまえに湯呑茶碗(ゆのみぢゃわん)を置き、一礼して辞した。盆に載せられたままなのは、正吾と恵美のものだろう。

湯呑を手にして一口含んでから、父はそれを下に置く。

「早く声を掛けるべきだったのだが、将棋大会が終わるまではと思ってね」

「お心遣いありがとうございます。どうやら、正吾の相手が決まったようですね」

信吾がそう言うと、正右衛門は繁と咲江に目をやってから信吾に向き直った。

「なぜにそう言えるのかね」

「年の瀬のお忙しいときにもかかわらず、客出しを終えてという遅い時刻に、てまえと波乃をお呼びになりました。家族全員が顔をあわせるという大事となりますと、正吾の、それも婚儀に関することしか考えられません」

「さすが相談屋のあるじと言いたいが、それくらいは子供にもわかることだな」

そう言って父が目を遣ると、母はうなずいて立ちあがった。

「もしかすると、信吾は顔か名前に憶えがあるかもしれないわね」

言い残して母は部屋を出た。

信吾は一体だれですかと父に、続いて祖母に目顔で問うた。

「ここまで待ってもらったのだもの」と、祖母が焦(じ)らすような言い方をした。「顔を見るまえに名前を教えたりしちゃ、それこそ白けてしまうでしょう」

父を見ると腕を組んで目を閉じている。なにも訊くなとの意思の表れだろう。

廊下に微かに足音がし、「失礼しますよ」との母の声と同時に襖(ふすま)が開けられた。姿を見せたのは正吾である。

「いらっしゃいませ。兄さんと義姉さん」

そう言ってから、正吾はうしろを向いて軽くうなずいた。すると娘が恥ずかしそうにお辞儀をして、正吾に続いて座敷に入って来た。

「まさか」と驚きの声を発しながら、信吾は笑いを堪(こら)えるのに苦労した。「恵美ちゃん、じゃなかった。恵美さん、だよね」

「恵美でございます。義兄(おにい)さま、そして義姉(おねえ)さま。どうかよろしくお願いいたします」

あれッ、と思ったが顔には出さない。

「信吾はやはり憶えていたわね」と、母が言った。「会ったことがあったかしら」

「正吾の手習所仲間の、ほれ」

度忘れしたふうを装おうと、「包太郎」と正吾が補った。

「その妹さんだから、いつかどこかで紹介してもらったはずです」と言ってから、信吾は父と母を見た。「なんでこんな大事なことを、隠していたのですか。家は出たものの、わたしは長男ですよ」

「そう息巻くものではない」と、父は右手を軽くあげて制した。「正吾が恵美さんを連れて来たのが、霜月の晦日(みそか)、それも客出しをしたあとだったのだ。翌日から将棋大会で、信吾は朝の五ツから夜の五ツまで、会所に詰めているというではないか」

「いくら大会だからって、母屋に来てくれれば波乃がいますし、わたしも長くなければ大会を抜けられますから」

「そうはいかん。こういうことは信吾と波乃さんが揃ったところで、正吾と恵美さんを引きあわさねばならんのだ」

「それに」と、母が言った。「紹介するだけでいいってものでは、ありませんからね。こういう事情で夫婦になることになりましたと、ちゃんと話すのが筋ですから。大会を抜け出して、なんてことではすまされません」

「そうじゃないのよ」と、祖母が愉快でたまらないという顔で言った。「正右衛門と繁が、あまりにもきまじめな顔で芝居するものだから、あたしゃ信吾と波乃さんが気の毒になってね。いくらなんでも、やりすぎだわよ」

「母さん」と、父は苦い顔になった。「またなにか言って、信吾たちを笑わそうと思っているのでしょうけど」

「正右衛門と繁はね、かくなる上は二人を、信吾と波乃さんを徹底的に驚かせてやろうと企（たくら）んだの」

「企んだなんて、母さん。なんて人聞きが悪いことをおっしゃるのですか」

父がやれやれという顔なのを見て、信吾は楽しくてならなかった。正吾と恵美が信吾たちに会ったことを、両親と祖母が知らないのがわかった瞬間から、遣り取りがおもしろくてならないのだ。呆れ切ったという声で信吾は言った。

「徹底的に驚かせてやろうですって、もう十分すぎるほど驚かされましたよ」

恵美を一瞥（いちべつ）すると、笑っていいのかそれとも驚き顔を続けるべきなのか迷っているらしく、困り切った顔をしていた。

「さっき正右衛門が言ったけれど、霜月の晦日に正吾が恵美さんを連れて来て、次の日から信吾んとこは将棋大会で半月ほど大忙しってことでしょ。だったらなにもかもそのあいだに決めてしまって、信吾と波乃さんをとことん驚かせようじゃないかって」

「なんですって。そうか、だからだね」と言ってから、信吾は恵美を見た。「それでさっきわたしと波乃に、義兄さま義姉さまと言ったのか。こちらはなにも知らないうちに、近く家族になる約束ができていたんだ。義兄さま義姉さまなんて、いくらなんでも気の早い人だなあと思いましたけどね。こんなせっかちな人が、宮戸屋の若女将を務められるのかと心配になりましたが、それを聞いて安心しました。まてよ。となると正吾は企みを知っていながら、父さんに荷担したってことだな」

正吾は困惑しきった顔になったが、弟も芝居を心から楽しんでいるのがわかる。

父が弁解するように言った。

「本来ならわたしの口から告げるべきだが、母さんが打ち明けてというか暴露したのだから、順番が狂ったのは仕方がないじゃないか」

「それにしても、もっと早い時点でひと言くらい言ってくれたって、よかったではないですか」

「信吾たちには将棋大会に専心してもらいたかったから、余計なことを耳に入れたくなかったのだよ」

「余計なことですって」と信吾は、呆れ果てたという顔をした。「正吾、そして恵美さん。聞いただろう、今の言葉を。父さんによると、二人が夫婦になることは余計なことなのだそうだ」

「信吾。いくらなんでも、そこまで曲解することはないだろうに」

「で、どこまで進んでいるのですか。わたしと波乃を徹底的に驚かそうと企んだ、その全貌を話してもらわねば、とてもではないですが、長男としては引きさがれませんよ」

「信吾さん。いくらなんでも義父さまに対して」

波乃がそう言って芝居に加わったので、信吾は随分と気が楽になった。親子兄弟の馬鹿げたと言ってもいい芝居に、箍（たが）が外れて馬鹿笑いしないかと心配していたからだ。

「気を遣ってもらってありがとう、波乃さん。でも、どうせ言わにゃならんことですから」

そう前置きして正右衛門は語り始めた。

正吾がまえもってなにも言っていなかったのに、唐突に「わたしが妻に選んだ恵美さんです」と紹介したときには、まさかと思ったそうだ。話を聞くと、福井町にある外村屋の娘とのことであった。外村屋はおおきな商家で、堅実な商いで知られていた。しかも恵美の兄包太郎は、正吾の手習所仲間だという。

手習所の師匠に連れられた手習子は、母親といっしょに一月二十五日に湯島（ゆしま）天神にお詣りする。そのとき繁は包太郎の母親と、親しく言葉を交わしたことがあった。また外村屋は取引先を招いて、宮戸屋で何度も宴席を設けてくれている。これもなにかの縁だとしか思えない。

「それよりも、四半刻ほど話しただけでわたしと繁だけでなく、母さんまで恵美さんをすっかり気に入ってね。信吾たちにも、なるべく早く会ってもらわなければと思ったのだが」

「将棋大会の真っ最中」

たっぷりと皮肉を籠めたが、正右衛門はまるで意に介さない。

「であれば話を進めようということになったのだ。恵美さんなら信吾も波乃さんも、きっと気に入ってくれると思ったので、ある人に仲立ちを頼んだ」

「まさか武蔵屋彦三郎ご夫妻では」

「信吾の言うとおり、武蔵屋さんにあいだに立ってもらった。外村屋さんも二人がその気ならと、話はとんとん拍子で進んでね。わたしと繁が外村屋さんご夫妻に、ぜひ恵美さんを正吾の嫁にいただきたいと申し入れ、快諾されたのだ。実は兄夫婦がいるのですが、年に一度の将棋大会を主催していますので、終わり次第なるべく早く挨拶させますと話しておいた」

「すると外村屋さんはご存じでね」と、母が言った。「信吾さんでしたら存じております。瓦版に武勇伝が載った方でしょう。たしか奥さまが浅草小町の波乃さん、ですってよ」

繁は相手の言ったままを伝えたのだろうが、波乃は恥ずかしそうに顔を伏せた。

「式の日にちはこれから決めることになるが、弥生三月の吉日ということで年内に決まるはずだ」

武蔵屋彦三郎夫妻は、信吾と波乃の仲人もやってくれた。それにしても包太郎の風邪から一組の夫婦が生まれたのだから、なんともおめでたいことで、ふしぎなご縁と言うしかない。

「そうでしたか。正吾、それに恵美さん、本当におめでとう」

信吾がそう言うと、波乃が諸手を揉みしだくようにした。

「おめでとうございます。こんなにうれしいことはありません。実はあたしは、妹がほしくてたまらなかったの。それが一晩で叶うなんて、まるで夢のようです」

「それにしても正吾」と、信吾は芝居を続けた。「そっと紹介してくれても、よかったじゃないか。なんたって二人きりの兄弟、たった一人の兄なんだからな」

「たしかにたった一人の兄さんですが、こればかりは両親を先にしなければ、人の道に悖りますから」

「いくら兄貴でも親には勝てんか」

「今ごろになってわかったようだな」と、なにも知らない父は言った。「とにかく、一番の気懸かりだった顔あわせも無事に終わった。先方も気に入ってくれたようでわたしも一安心だ。これから話す機会はいくらでもある。となると木戸が閉まるまでに、恵美さんを家に送り届けないとな。そういういい加減な家に、大事な娘はやれんと言われてはコトだ。正吾、疲れているところをすまんが、恵美さんを送っておくれでないか」

「でしたら、わたしと波乃もいっしょに行きますよ。取り敢えずご両親に、挨拶だけでもしておきませんと」

両親と祖母に見送られ、母の用意した菓子折を正吾が持って、四人は宮戸屋を出た。十七日は満月の二日後なので十分に明るいが、正吾と信吾には提灯が渡された。それぞれが、自分たちの足もとを照らすようにとの配慮だろう。

蠟燭を立てて提灯を提げると、胴の中央には太くて丸みを帯びた、寄席文字のような字体でおおきく「宮戸屋」、その右に「会席と即席の」、左に「浅草名代料理」と記されている。なんのことはない。急な雨のとき貸し与える傘とおなじく、客に持たせる宣伝を兼ねた提灯であった。

浅草広小路を東に進み、雷門のまえで道を南に折れる。あとは日光街道を一路南に進めばいい。茅町二丁目の中ほどで右に道を取ると、次の四つ角からが外村屋が見世を構える福井町の一丁目であった。

恵美を送り届けさえすれば、木戸の閉められる四ツを廻っても、黒船町までの木戸は五つ、東仲町へは八つほどである。番太郎に潜り戸を開けてもらうのはわずらわしいが、それを厭わなければたいした道ではなかった。

九

宮戸屋のある東仲町は当然として、茶屋町や並木町辺りまでは信吾と正吾の知りあいも多いので、今回のことは話題にしないようにした。左手に宮戸川を背にした駒形堂が見えると、足を止めて、通りからではあるが両掌をあわせる。立待月が駒形堂の屋根の向こうに見えた。

そこから先は、いくらかではあるが自由に話せるようになった。

「いやはや、今回は親父さんとお袋さん、それに祖母さまにまで、散々振り廻されたよ」

本当はもっと言いたいことがあったが、信吾はその辺りまでで止めた。ところが止めたつもりだったのに、口が勝手に喋ってしまったのである。妻と弟、そしてその嫁になる人だけだったから、気が緩んだのかもしれない。

「浅草一と評判の料理屋の主人と女将が、息子夫婦が将棋大会で身動き取れないからって、芝居を打ったんだからね。こんな好機は二度と訪れるはずがない、だったら徹底的に驚かせてやろうと、悪戯を仕組んだってんだから呆れるじゃないか。それも次男と大女将を巻きこんで」

名前でなく次男と言われ正吾は苦笑した。

「そりゃ、気を揉みましたよ」と、波乃が言った。「絶対に喜んでもらえると信じてお二人をご両親のもとに送り出したのに、どちらからも、だれからもなにも言ってこないんですもの」

右手に諏訪社の鳥居を見ながら、諏訪町を南へと進む。

「祖母さまが『花の御礼』を見に来ただけだからね。波乃に顔だけでも見せてやってくださいと頼んだら、本当に顔を見せただけで帰ったのだから呆れてしまった」

信吾と波乃が交互に事情を説明するのを、正吾と恵美はときどきうなずきながら聞いている。

「義父さん、義母さん、祖母さま、それに正吾さんの、どなたもお見えでないでしょう。駄目になったと思うしかないじゃないですか。信吾さんは自信を持ってお二人を、ご両親と祖母さまのもとに送り出したのに音沙汰なしですもの。てっきりこじれたと思って、ああ、申し訳ないことをしてしまった。詫びのしようもないって」

兄と義姉の話にうっかり口を挟めないと遠慮していたらしい正吾は、そのままにしてはおけないと思ったらしい。

「わたしがいけないんです。なんとしても阻止しなければならないのに、できなかったから。ともかく猛反対したんですが、親父さんは頑固ですからね」

祖母の咲江もさすがに呆れたらしく、「大人気ないからよしなさいよ」と言ったが、正右衛門は聞く耳を持たなかったそうだ。正吾と咲江があまりにも言うものだから、父はついに怒り出してしまった。

正吾によると、こんな遣り取りがあったとのことである。

「わたしは正吾と恵美さんが夫婦になることに、反対している訳じゃない。諸手を挙げて賛成しているから、それを成就させようとしているのがわからないか。信吾と波乃さんだって、事情というか事実を知ったら絶対に喜ぶはずだぞ」

「しかしその過程が、途中のなされようがひどすぎやしませんか」

「だからいいのだ。途中がひどいからこそ、正吾と恵美さんが結ばれる事実を知ったときに、信吾たちの喜びは倍増すはずだから」

その一点張りであったそうだ。

「だから兄さんになんとしても伝えようと思ったのですが、できませんでした。宮戸屋から出るなんてとてもとても。厠に入るときと眠るときしか、一人になれないのですよ。湯屋にだって、だれか奉公人が付いて来ますからね」

「待てよ。正吾が自由になれるときが、あっただろう」

「えッ、いつですか」

「父さん母さんが外村屋さんへ、ぜひ恵美さんを正吾の嫁にいただきたいと申し入れ、快諾されたと言っていた」

「ああ、あのときですか。もっとひどかったですから」

礼装した父は正吾と咲江にこう言った。

「わたしどもは用があって一刻ほど出掛けます。その間は大女将と若旦那が、宮戸屋をちゃんと取り仕切ってくださいね」

これでは普段以上に窮屈と言うしかない。

「祖母さまは、父さんの考えに反対だったんだろう」

信吾がそう訊くと、正吾はうなずいてから続けた。

「しかし父さんが頑固にやり通すと言い張ったら、だったら徹底してやるしかないねって。こういうことは中途半端だと、どこかで齟齬(そご)をきたしてうまくいかなくなるからだそうです」

「ねえ、そこまでにしましょう」と、途中から聞き役に徹していた波乃が言った。「なにもかもうまくいったのだから、この話はそこまででいいじゃありませんか。諺(ことわざ)にも『終わりが大事』とありますよ。信吾さんも正吾さんも、義父さまが信吾さんを驚かせてやろうと悪戯心を起こしたことが、黙っていられないのですね。そのやり方が頑固すぎたので、なんとしても話しておきたいのでしょう。ですが、お二人が礼装に身を包んで外村屋さんを訪れたからこそ、正吾さんと恵美さんは結ばれることになったのですからね。結果が、どう終わったかが大事なのではないですか」

信吾には波乃の真意が、わかりすぎるくらいわかる。宮戸屋の面々はちょっとしたことにもおもしろさを見付け、大袈裟に騒いで楽しもうとする傾向があった。初めは驚き戸惑いもしたが、今では波乃にはよくわかり、自分もいっしょに楽しんでいる。

だが恵美はそうでないかもしれない。とんでもない親子、いや家族だと受け止めかねないのである。自分がその一員となると決まったのだから、違和感や不安を覚えているかもしれなかった。それを感じたからこそその、波乃の発言だったのだろう。

左に広大な浅草御蔵の建物の屋根を見ながら、俗に天王橋(てんのうばし)と呼ばれる鳥越橋(とりごえばし)を渡る。街道が広いので、堀には上りと下りの二本の橋が架けられていた。

「恵美さんはびっくりしたというか、不安になったんじゃないかな」

「あら、なぜでしょう。義兄さま」

「だって親が息子夫婦をとことん驚かせてやろうと企み事をするなんて、普通の家じゃ考えられんでしょう」

「あたしね、こんなこと言っちゃなんですけど、『やった』って思いました」

信吾はもちろんだが、正吾も波乃も予想していなかったのだろう、「えッ」という顔になって恵美を見直したのである。その顔は、月の光を受けてかぎりなく明るかった。

「ここだったら、宮戸屋さんなら羽目を外しても、もちろん外しすぎちゃだめですけど、かなりのところまでなら大丈夫だ。ああ、こんな家族に、自分が加われるなんて夢のようだ。兄さんが風邪を引いたお蔭で、正吾さんのお嫁さんになれるし、信吾さんに波乃さん、ご両親と祖母さま。あたしはとんでもない宝物を手に入れたんだと、そう思ったんですよ」

「ギャフン、してやられた」

なんと信吾だけでなく、波乃も同時にそう言っていた。その言葉に、恵美はキョトンとした顔をしている。正吾が笑いながら説明した。

「兄さんの手習所仲間の、やられた、これはまいった、というときの決まり文句だよ。それも普通のやられたではなくて、相手が自分より二枚も三枚も上だってときに使うそうだ。恵美は兄さんだけじゃなくて、義姉さんにも『ギャフン、してやられた』と言わせたのだから、お墨付きをもらったようなもんだね」

「でもあたしん家に帰ったときには、控え目にしなきゃなりませんね。包太郎兄さんは駄洒落や冗談がわかるけど、父と母はまともな人だから」

「恵美、その言い方はよくないよ」

「あら、なぜですか。正吾さん」

「外村屋のご両親はまともだということは、宮戸屋の両親はまともじゃないと言っているように、誤解されかねないだろう」

「いけない。うっかりしてました」

「四人で話しているときはいいとしても」

「気を付けていないと、ぽろりと漏らしてしまいますね」

「気楽にね、恵美さん」と、波乃が言った。「むしろあたしたち四人のときは、思い切り羽目を外しておおいにはしゃぎましょう。そうやって自分を出し切ると、却って割り切れると思います。はしゃぐときと、ちゃんとしたときが、はっきりと分かれてしまうから、却って失敗しないのではないかしらね」

　信吾は波乃らしい考え方だと感心した。恵美もおなじ思いのようであった。

「そんな捉え方もあるのですね。なるほど、そうなのですね」

などと話しているうちに、茅町二丁目の木戸近くまで来ていた。木戸の手前を右に折れると、次の四ツ辻の西側は外村屋が見世を構える福井町一丁目であった。

　看板には「各種袋物　外村屋」とあるが、すでに大戸は閉められていた。

「遅くなりました」

　恵美の声と同時に潜りの引き戸が開けられ、母親と思しき女が顔を出した。若い娘の外出なので、気懸かりでならなかったのだろう、娘とその夫になる正吾を認めて顔が安堵で綻びた。

目があうなり、信吾は深くお辞儀をした。

「話が楽しかったものですから恵美さんを引き留めてしまい、ご心配をお掛けして申し訳ありません。正吾の兄の信吾でございます。こちらは家内の波乃と申します。この度は本当に良いご縁となりまして、末永くよろしくお願い申しあげます」

波乃は黙って頭をさげた。

「恵美の母でございます。こちらこそよろしくお願いします。立ち話もなんですから、どうぞお入りください」

「いえ、時刻が時刻ですので、今日は失礼して後日、改めてお邪魔いたします」

「でしたら」

と言って奥に声を掛けると、父親と包太郎、それに二人の弟が顔を見せた。母親が口早に説明してから、互いに挨拶を交わした。父親はせめてお茶の一杯でもと引き留めようとしたが、やがて四ツになることを理由に信吾たちは引き揚げたのである。

日光街道に出るまで、三人ともなにも言わなかった。ただ、家族が一人増え、新しい親戚ができたことが、なんとも言えずうれしかった。取り分け、根っからの明るさに溢れた恵美が、新しく加わることがえも言われぬ心の高揚を招いた。

血が繋がっていなくても、これだけ心が温かくなるのだ。血が繋がっていれば、その温かさはいかばかりだろう。

波乃の胎には新しい命が宿って、日々成長している。人によってかなりの差があるとのことで、五、六ヶ月から目立つ人もいれば、産み月が近くなるまで気付かれぬほどの人もいるという。波乃は五ヶ月になるがほとんどわからない。

「新しい家族ができるということが、こんなにうれしいものだとは、ちょっとまえまでは考えることもできなかったな」

「そうですよね」と正吾が、「本当に」と波乃が言った。正吾は恵美のことを、波乃は生まれ来る子のことを思い描いているのだろう。その声にはなんとも重い意味が、思いが籠められている。

三人が鳥越橋を渡って森田町の木戸に差し掛かったとき、丁度四ツの鐘が鳴った。

「はい。通りな」と、木戸の番太が言った。「随分と冷えてきたが、おまえさん方、やけに温かそうだな」

木戸番にもわかるほどなのだ。師走を半ばすぎた江戸で、自分たちほど温かく満ち足りた心の者はいないにちがいない、と信吾は確信した。

黒船町と諏訪町の境の木戸で、正吾と別れることになる。

信吾はつい声を掛けてしまった。

「正吾よ。わが弟よ」

「なんですか兄さん。改まって」

「波乃といっしょになれたとき、おれほど幸せな者はいないと思ったのを、急に思い出してね」

「こんなときに惚気（のろけ）はよしてくださいよ。こっちが照れますから」

「今、正吾はおなじ思いでいるのだなとわかったのだ」

正吾は立ち止まると、柄を持ちあげて提灯で信吾の顔を照らした。

「次に恵美に会ったとき、信吾兄さんがそう言っていたと伝えておきます」

波乃がくるりと背を向けたが、その肩が激しく震えていた。

解　説

宇田川拓也

よき小説とは、どのようなものか――。

本屋で文芸書や文庫の仕入れと陳列を日々の生業(なりわい)にしている身としては、世のみなさまよりもいくらかは小説に目を通す機会が多いと自負しているが、改めてそうした評価軸について考えてみることは、なかなか行なわないものである。

これまでの経験を振り返り、考えを巡らせることしばし。これはというものを摑(つか)んだ。それは、登場する人物たちと人生をともに歩むような気持ちにさせてくれるもの――これに尽きるのではないだろうか。よき小説を読むと、友や同志、あるいは生き方の指針となるような人物が心に宿ることがある。常々、本に接することは、ひとと向き合うことと同じだと感じており、そうした意識と重なるようにも思える。

では、よき小説を見事に体現した物語として、いまならどの作品を挙げるか。

読み手を選ばぬ――という点で広くオススメできる筆頭格に数えられるのが、野口卓〈おやこ相談屋雑記帳〉シリーズだ。浅草の老舗料理屋「宮戸屋」の長男だった信吾が、黒船町に開いた「よろず相談屋」と将棋会所「駒形」を通じて、妻の波乃とともに臨む市井で生じたトラブルの解決や人情ドラマをはじめ、彩り豊かな物語が描かれる人気作である。ちなみに、信吾ひとりの活躍を綴(つづ)った〈よろず相談屋繁盛記〉全五巻、波乃が加わってからの〈めおと相談屋奮闘記〉全十巻があり、〈おやこ相談屋雑記帳〉は第三期に位置する。

本書『弟よ　おやこ相談屋雑記帳』は、その二巻目にあたるのだが、ここから手に取っていただき、ひとつ遡って『出世払い　おやこ相談屋雑記帳』を読んでも、あるいは巻数順に読み進めていただいても面白さが変わることはない。

本書には、それぞれに異なる魅力を備えたエピソードが四話収録されている。

第一話「名前代百両」は、「駒形」の常連客である太郎次郎が自らの将棋の師匠だという肥前屋の伊兵衛を連れてくるところから幕が上がる。

信吾は月極め(つきぎ)の席料を頂戴し、将棋会所の新たな客を歓迎するとともに、直感で伊兵衛からなにか楽しい話が聞けそうな気がして、促してみる。すると、話そのものはほぼ同じなのに、田舎と江戸では微妙に食い違っている——という、摑みどころのない話を語り出すのだった……。

落語の演目「テレスコ」が絡んだ一話で、噺(はなし)では「テレスコ」「ステレンキョウ」と称されていた漁師でも知らない魚が、伊兵衛の父親の田舎で知られていた話では舌を嚙(か)みそうなまったく違う名前であったという。また伊兵衛は、主人公が魚の名前を役人に伝えただけで百両もの破格の懸賞金が出る内容にも不自然さを覚えるという。

ミステリ（推理小説）には、落語を題材にした「落語ミステリ」というジャンルが存在する。これまでに数多くの作品が書かれており、なかでも主人公の噺家が作中で起こった事件の謎解きと古典落語の新釈を高座でまとめて披露する『道具屋殺人事件』から始まる、愛川晶(あいかわあきら)〈神田紅梅亭寄席物帳(かんだこうばいていよせせきものちょう)〉シリーズは特筆に値する。それはさておき、「名前代百両」は、そうした落語ミステリの流れに連なる貴重な収穫といえよう。謎解きの面白さに加え、そこから見えてくる人間の素晴らしさに心が濯(すす)がれるような気持ちになる。

第二話「上には上が」は、信吾の妻である波乃を主役にした一編。

昼食を終え、信吾が将棋会所に戻ったのち、縫物を始めた午後のこと。自身の母親と同年輩と思(おぼ)しき「玉藻」と名乗る婦人が下女を従えて訪れる。相談屋の客と思われたので、信吾を呼びに行こうとするが、なぜか玉藻は波乃に相談をしたいのだという……。

　年齢の離れたふたりの女性が対峙し、「相談」という形で言葉を交わしながら進行する一種の会話劇は、じつに緊張感があり、出だしから目が離せなくなる。本作はいわずもがな時代小説であるのだが、読み進めていると、優秀だが経験の浅い私立探偵が、仕事の依頼主である手強いファム・ファタール（悪女）を前にしているような、どこか海外のパルプ・ノワールを彷彿とさせる香気をほのかに感じてしまった。しかし、人物描写と心の有様を映し出すことに優れた奥行きのある物語という点で本作は、さらに芳醇な域へと達する。丹念に描かれる波乃の思考と推理の密度、その先に用意された意外な展開、そして明らかにされる一連の出来事に隠されていた目論見の真相には舌を巻いた。

　第三話「十二支騒動」は、収録作のなかでもとくに奔放で、いったいどこに着地するのか見当もつかない面白さが存分に愉しめる。

　将棋会所の常連客のひとりである夕七が、朝早くに母屋に現れて信吾は驚く。夕七は今戸焼の窯元の婿養子になる前、各地を渡り歩いていた経験があり、会話をすると地方の言葉や訛が入り混じるようなユニークな人物だった。

　その夕七が、なんとも不思議な夢を見たという。しかも何人もの〝人のようなもん〟

が長々としゃべった内容を繰り返して話せるほど頭に刻み込まれているという。信吾と波乃は夕七が語り始めた夢に耳を傾ける。それは各地の神々が「十二支の改訂」について、熱く、けれど滑稽な議論を繰り広げるという珍妙なもので、話を聞き終えた信吾は想像を超えた荒唐無稽さに思わず天を仰ぐほど衝撃を受ける。すると波乃が、この夢の話を戯作者（げさくしゃ）の寸暇亭押夢に聞いてもらってはどうかと提案する……。

陸奥の仙台、関八州の江戸、北陸の若狭、畿内の難波、四国の阿波、九州の筑紫といった神々のやり取りは、口調も様々で、その即興的な愉しさは、まるでジャズミュージシャンたちが集まって演奏するジャムセッションを聴くようだ。夢の内容もさることながら、この話を押夢が面白がり、戯作に仕立てるか否かの行方にも大いに気を引かれる。さらに、それとあわせて夕七という一風変わった人物にまつわる意外な解釈が飛び出すなど、終盤に至っても予断を許さないが、そこからなんとも気分のいい結末を迎えるのだから畏れ入る。

そして表題作である第四話「弟よ」は、信吾に代わって料理屋「宮戸屋」を引き継ぐことになった弟の正吾にスポットを当てた一編。

正吾からひさしぶりに一緒に食事をしたいと申し出を受けた信吾と波乃は、用意をして出迎えるが、正吾がひとりであったため予定が狂ってしまう。信吾たちは正吾が伴侶となる〝いい相手〟を連れて来るものと考えていたのだ。正吾はその話を否定するが、波乃は相談屋ならではの鋭さで正吾の真意に気付く……。

まさに積み重ねてきたシリーズならではの、ともに人生を歩むような気持ちにさせてくれる魅力にあふれた人情譚だ。若者の縁組をきっかけに綴られる、兄弟、夫婦、家族についての物語であり、人生の岐路に立った弟の不安や心配に信吾たちが贈る言葉と想いが胸を打つ。また、ある懸念が気持ちよく覆される爽快さ、幸せとはなにかを印象付けるラストシーンも忘れがたい。ますますこれからの〈おやこ相談屋雑記帳〉シリーズに、期待せずにはいられなくなる。

人間かくあるべし――などと書いてしまうといささか仰々しいが、つまるところこのシリーズが第一期、第二期も含めると本書まで十七巻も続いてきた最大の理由は、そこにどれほど時代が移ろい、世相が変わったとしても、身近にあってほしいひとの姿、自身もそうありたいと思える生き方が鮮やかに描かれているからだろう。

信吾と波乃、そして新たな家族とともに歩みながら、これからも売り場を通じて、よき小説を読者の手に届けるべく邁進したいと思いを強くしている。

（うだがわ・たくや　書店員、ときわ書房本店　文芸書・文庫担当）

本書は、集英社文庫のために書き下ろされた作品です。

本文デザイン／亀谷哲也［PRESTO］

イラストレーション／中川　学

集英社文庫
野口卓の本

なんてやつだ
よろず相談屋繁盛記

動物と話せる不思議な能力をもつ青年・信吾。家業を弟に譲って独立し、相談屋を開業するが……。痛快爽快、青春時代小説、全てはここから始まった！

集英社文庫
野口卓の本

なんて嫁だ
めおと相談屋奮闘記

相談屋に来た三人の子供の相談に波乃が対応することに。その話を聞いた信吾が考えたことは。夫婦になって魅力倍増。青春時代小説、第二シーズン突入！

集英社文庫
野口卓の本

出世払い
おやこ相談屋雑記帳

新装開店！　相談屋と将棋会所のにぎやかな日常を描く定番「ちょんまげもの」。落語のような読み味で楽しめて、ときに笑えてときに泣ける充実の五編。

集英社文庫　目録（日本文学）

西村京太郎　十津川警部 小浜線に椿咲く頃、貴女は死んだ
西村京太郎　門司・下関 逃亡海峡
西村京太郎　十津川警部 三陸鉄道 北の愛傷歌
西村京太郎　鎌倉江ノ電殺人事件
西村京太郎　十津川警部 特急「しまかぜ」で行く十五歳の伊勢神宮
西村京太郎　外房線 60秒の罠
西村京太郎　十津川警部 北陸新幹線「かがやき」の客たち
西村京太郎　伊勢路(ルート)殺人事件
西村京太郎　十津川警部 雪とタンチョウと釧網本線
西村京太郎　けものたちの祝宴
西村京太郎　十津川警部 九州観光列車の罠
西村京太郎　東京上空500メートルの罠
西村京太郎　十津川警部 坂本龍馬と十津川郷士中井庄五郎
西村京太郎　会津 友の墓標
西村京太郎　十津川警部 鳴門の愛と死
西村京太郎　私を愛して下さい

西村京太郎　伊豆急「リゾート21」の証人
西村京太郎　母の国から来た殺人者
西村京太郎　十津川警部 あの日、東海道で
西村　健　仁俠スタッフサービス
西村　健　マネー・ロワイヤル
西村　健　ギャップGAP
日経ヴェリタス編集部　定年ですよ 退職前に読んでおきたいマネー教本
日本推理作家協会編　夢(ゆめ)現(うつつ) 日本推理作家協会70周年アンソロジー
日本文藝家協会編　時代小説 ザ・ベスト2016
日本文藝家協会編　時代小説 ザ・ベスト2017
日本文藝家協会編　時代小説 ザ・ベスト2018
日本文藝家協会編　時代小説 ザ・ベスト2019
日本文藝家協会編　時代小説 ザ・ベスト2020
日本文藝家協会編　時代小説 ザ・ベスト2021
日本文藝家協会編　時代小説 ザ・ベスト2022
日本文藝家協会編　時代小説 ザ・ベスト2023

楡　周平　砂の王宮
楡　周平　終(つい)の盟約
額賀　澪　できない男
ねじめ正一　商人(あきんど)
野口　健　落ちこぼれてエベレスト
野口　健　100万回のコンチクショー
野口　健　確かに生きる 落ちこぼれたら這い上がればいい
野口　卓　なんてやつだ よろず相談屋繁盛記
野口　卓　まさかまさか よろず相談屋繁盛記
野口　卓　そりゃないよ よろず相談屋繁盛記
野口　卓　やってみなきゃ よろず相談屋繁盛記
野口　卓　あっけらかん よろず相談屋繁盛記
野口　卓　なんて嫁だ めおと相談屋奮闘記
野口　卓　次から次へと めおと相談屋奮闘記
野口　卓　友の友は友だ めおと相談屋奮闘記
野口　卓　寝乱れ姿 めおと相談屋奮闘記

集英社文庫　目録（日本文学）

野口卓　梟の来る庭 めおと相談屋奮闘記
野口卓　風が吹く めおと相談屋奮闘記
野口卓　春だから めおと相談屋奮闘記
野口卓　とんとん拍子 めおと相談屋奮闘記
野口卓　新しい光 めおと相談屋奮闘記
野口卓　親と子 めおと相談屋奮闘記
野口卓　出世払い おやこ相談屋雑記帳
野口卓　弟よ おやこ相談屋雑記帳
野﨑まど　HELLO WORLD
野沢尚　反乱のボヤージュ
野中ともそ　パンの鳴る海、緋の舞う空
野中柊　小春日和
野中柊　このベッドのうえ
野茂英雄　僕のトルネード戦記
羽泉伊織　ヒーローはイエスマン
萩本欽一　なんでそーなるの！ 萩本欽一自伝
萩原朔太郎　青猫 萩原朔太郎詩集
橋爪駿輝　さよならですべて歌える
橋本治　蝶のゆくえ
橋本治　夜
橋本治　幸いは降る星のごとく
橋本治　バカになったか、日本人
橋本治　結婚
橋本紡　九つの、物語
橋本紡　葉桜
橋本長道　サラの柔らかな香車
橋本長道　サラは銀の涙を探しに
蓮見恭子　バンチョ高校クイズ研
馳星周　ダーク・ムーン(上)(下)
馳星周　約束の地で
馳星周　美ら海、血の海
馳星周　淡雪記
馳星周　ソウルメイト
馳星周　雪炎
馳星周　パーフェクトワールド(上)(下)
馳星周　陽だまりの天使たち ソウルメイトII
馳星周　神奈備
馳星周　雨降る森の犬
羽田圭介　御不浄バトル
畠山理仁　黙殺 報じられない〝無頼系独立候補〟たちの戦い
畠中恵　うずら大名
畠中恵　猫君
畑野智美　国道沿いのファミレス
畑野智美　夏のバスプール
畑野智美　ふたつの星とタイムマシン
はた万次郎　北海道青空日記
はた万次郎　ウッシーとの日々 1
はた万次郎　ウッシーとの日々 2

S 集英社文庫

弟(おとうと)よ　おやこ相談屋雑記帳(そうだんやざっきちょう)

2024年1月25日　第1刷　　定価はカバーに表示してあります。

著　者　野口(のぐち)　卓(たく)

発行者　樋口尚也

発行所　株式会社 集英社

東京都千代田区一ツ橋2-5-10　〒101-8050

電話　【編集部】03-3230-6095

【読者係】03-3230-6080

【販売部】03-3230-6393(書店専用)

印　刷　図書印刷株式会社

製　本　図書印刷株式会社

フォーマットデザイン　アリヤマデザインストア　　マークデザイン　居山浩二

ISBN978-4-08-744613-5 C0193